集英社オレンジ文庫

聖女失格

永瀬さらさ

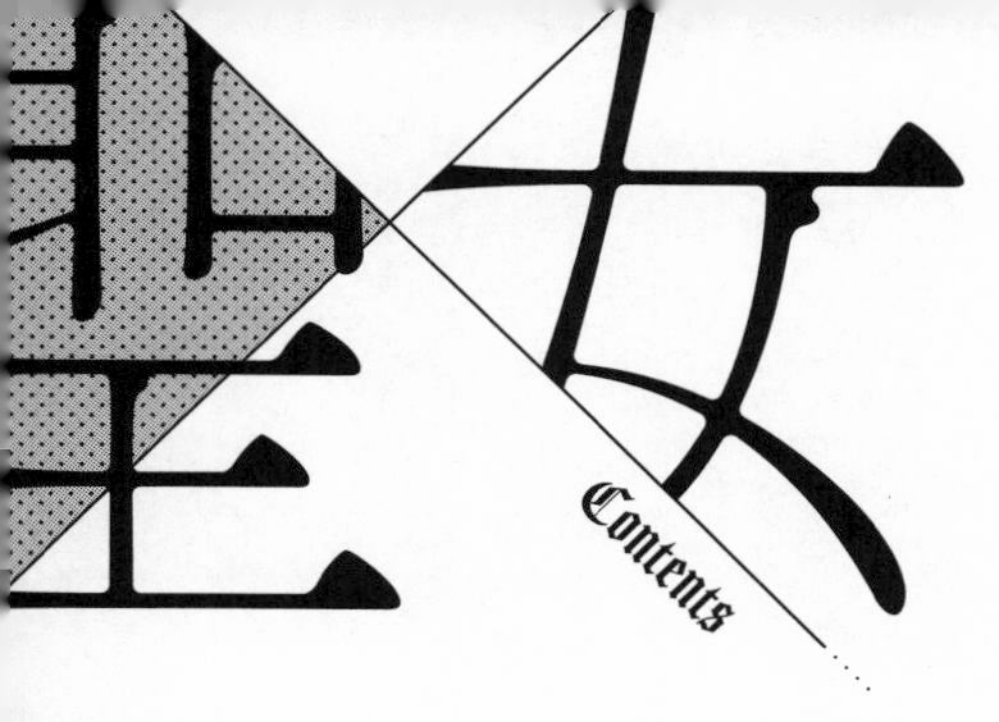
聖女
Contents

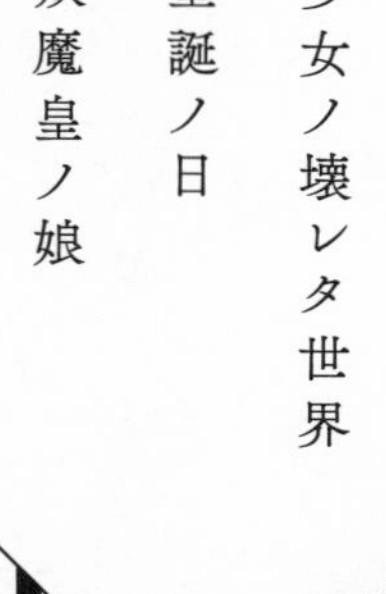

失格
My story not qualified to be a saint.

聖女失格
My story not qualified to be a saint.

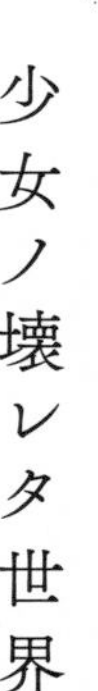

序章　少女ノ壊レタ世界

最初に、ドレスがなくなった。

「魔力がない⁉　そんな、あり得ないだろうベルニア聖爵家のご令嬢だぞ！」

「何かの間違いでしょう。シルヴィアお嬢様がそんな……もう一度測定してみては」

「三度目の測定でもゼロだったそうだ。これはもう決定だな」

「いくら優秀でも、魔力がなければ聖眼を得ることができません」

「どうりで浄化も治癒(ちゆ)もできないと……もう七歳では後天性も期待できません」

次に、周囲から人がいなくなった。

「じゃあ皇帝選はどうなるの？　六年後に聖誕の鐘が鳴るんでしょ？　聖痕は？」

「聖眼を使うにも魔力が必要なんだ。つまり、魔力なしに聖痕は出ないんだよ」

「聖誕の夜がくるのを待たずとも、シルヴィアお嬢様が聖女になる可能性は絶望的だ」

「不義の子じゃないかという噂(うわさ)よ。聖女ベルニアの末裔(まつえい)としてあり得ないもの」

「一つ下の妹のプリメラ様は瘴気(しょうき)の浄化でも治癒でもなんでもできるのに……」

さらに、家族がいなくなった。

「皇帝選が行われる時代に聖女になれない娘など、聖爵家始まって以来の恥だな」

「私は不義などしておりません、あなた。だって見てください。プリメラは天才です！」

「ああ、わかっている。お前は悪くない。あの子が無能だっただけだ」

「ご安心ください。プリメラお嬢様が皇帝選を勝ち抜くことはもはや決定事項です」

「魔力は最高値、神聖魔法もお手の物。いやはや、お姉様とはえらい違いですな」

「少しお転婆がすぎますが、無能な姉を補ってあまりある妹さんで何よりです」

　今度は、部屋がなくなった。

「プリメラお嬢様がいればベルニア聖爵家は安泰です。シルヴィアはどこかへ捨ててしまってはいかがでしょう」

「だがベルニア聖爵家の血統を簡単に余所にやるわけにもいかん」

「血筋だけならプリメラお嬢様と一緒って、詐欺みたいだよな」

「年頃になればいい値で売れる。それで我が家の損失を回収させてやる、ありがたく思え」

「償いなさい。あなたのせいで母様がどんな汚名を着せられたか……償え！」

　あとは食事がなくなって、着る物もなくなった。

「プリメラお嬢様が帝都の瘴気を浄化したらしいぜ。見ろ、皇帝からの豪華な礼品！」

「それにくらべてあのお荷物は、こそこそ食べ物漁って。気楽でいいよなぁ」

「ジャスワント皇子との婚約も無事破棄されて、プリメラお嬢様に替わったって？」

「聖爵様はプリメラお嬢様が皇帝選を勝ち抜いたあとであれを売り出すつもりらしい」
「まだ生きてるのか」
「そらまあ、生きてないと種付けもできやしねえ」

期待がなくなり、夢がなくなり、尊厳がなくなり、数えればきりがなくなった。

「なぜ屋敷の中にお前がいる、出ていけ！　お父様などと二度と呼ぶな！」
「プリメラに近づかないでちょうだい！　あなたの無能がうつったらどうするの……！」
「プリメラお嬢様が屋敷の敷地内に置いておくよう頼んだらしいぜ。お優しいよな」
「街中をうろうろされても目障り（めざわ）りだもんなあ」

　でも、残っているものがある。

　自分と、未来だ。

　厨房（ちゅうぼう）の裏、生ゴミが捨てられる大きな箱の底に、パンの耳が残っている。少々汚れているだけ、捨てられたばかりだ。

　まず、自分の身長ほど高さがあるゴミ箱の前に置かれている台に登った。縁に上半身を引っかけるようにして折り曲げ、指を精一杯伸ばす。指先がひっかかった瞬間に、がしっとつかんだ。久しぶりのご馳走（ちそう）だ、離してたまるものか。

　そしてすぐに誰にも見られていないか左右を見回し、次をさがしに野良猫のように忍び足で闇に紛（まぎ）れる。

　シルヴィア・ベルニア聖爵令嬢、十三歳。

のちにシスティナ帝国歴代最強の聖女と呼ばれる少女は、今日もゴミを漁って生き延びる。

いつかここから逃げ出し、海の向こうで『普通』に暮らすことを夢見て。

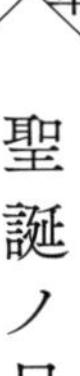

聖誕ノ日

その日は、国中、いやシスティナ大陸中が沸き立つ日だった。

百年に一度の聖誕の鐘が鳴る日。聖女が誕生する夜である。

ベルニア聖爵家の屋敷も例外ではない。前日から生花やリボンで壁も柵(さく)も彩られ、窓の外にもシャンデリアのきらめきが漏(も)れ出ている。日が沈んでからも洋燈(ランプ)や燭台(しょくだい)があちこち灯され、街中が明るい。開放された屋敷の中庭では領民にも食事が振る舞われている。

ベルニア聖爵家から聖女が誕生する、そのお祝いを待ち構えてのお祭り騒ぎである。よそ者にも酒が振る舞われ、ご馳走に舌鼓(したつづみ)を打つにぎやかな夜。修道院の子どもにもチキンとケーキが配られるこんな夜に、厨房裏の暗い物陰で残飯を漁っているのは自分くらいのものだ。

だが、ご馳走にありつける日でもある。いつものゴミ箱にはパンの耳だけではなく、クリームがついたケーキ生地の切れ端に、欠けたラスクまで入っていた。果物の実がついた皮まである。あとは肉のついた骨。野菜の根の部分も少しなら食べられそうだ。

ゴミ捨て場に着く途中の中庭では飴(あめ)も拾ったので、大事に懐(ふところ)に入れた。いざというときの非常食になる。しかも、拾ったのはそれだけではない。

聖誕の夜を祝うため飾りに使う銀貨も一枚、拾ったのだ。

（今日はついてる）

大事な逃走資金がまた貯まった。シルヴィアの頰が緩む——が、窓硝子に映った自分の顔は変わらない。目立たず、感情を出さず、影のように生きることを心がけていたら、いつの間にか表情筋が死んでしまった。冷たい相貌は人形のようで不気味だとよく言われるし、自分でもそう思う。

だが、内心はうきうきだ。何年もこんな生活をしていれば、硬貨や色んな道具を拾うことはある。でも、銀貨を拾ったのは初めてだった。

逃走用に集めている他の硬貨や道具と一緒に、大事に隠しておかないといけない。いつか古着や穴のあいてない靴をそろえ、この街を出て、船に乗って逃げるために——そのためにどれくらいのお金が必要なのか、よくわからないのだけれど。

とにかく、屋敷中がパーティーの準備に手間取られている今のうちだ。できるだけ色んなものを拾い集めて、次の飢えに備えておかなければならない。

とりあえず食べられるものは、この場で食べてしまおう。まずケーキの切れ端を口の中に放りこみ、果物の皮と一緒にパンの耳を嚙みちぎったそのときだった。

「シルヴィア」

名前を呼ばれて顔をあげる。目があった途端に、声をかけた少年は目線を泳がせた。見てはいけないものを見た、という顔だ。

口元のパンくずを拭い、シルヴィアは少年に向き直る。猫のようで不気味だと言われる形の瞳を眇めると、金髪の少年は頬を引きつらせて、たどたどしく言った。

「ひ、久しぶりだね。僕がわかる？」

「わかります、ジャスワント様。お久しぶりです」

「う、うん。……君、何をしているの？」

「食料調達です」

見てわからないものだろうか。不思議に思っていると、ジャスワントが唇を嚙んだ。

「聖女ベルニアの血を引くご令嬢が、残飯漁りだなんて……」

「今日は収穫日和ですよ」

ジャスワントに痛ましそうな顔をされて、シルヴィアは説明を中断した。

もちろん、客観的に自分は残飯を漁るみじめな少女だというのはわかっている。幼い頃は自慢だった髪はばさばさ、肌も汚れてくすんでいる。着ているものも裾がほつれた粗末なワンピース。夏に拾ったものなので生地が薄すぎてすうすうする。頭からかぶって外套がわりにしているのも、ただの襤褸布だ。サイズの合っていないなめし革の靴は、穴があいている。

だが助けるわけでもないジャスワントに、なぜ憐れまれるのかわからない。

「ひょっとして、臭いますか。雨水でできるだけ流しているんですが」

くん、と外套がわりの布をかいでみるが、自分ではわからない。

きゅっと眉をひそめて、ジャスワントがつぶやいた。

「聖女ベルニアもお嘆きになる」

「魔力のない私は聖女失格だそうで、嫌われていそうですが」

「聖女ベルニアは慈悲深い御方だよ、そんなことはなさらない」

むきになったように、ジャスワントが詰め寄ってくる。

「何より、君はれっきとした聖女ベルニアの末裔だ。その血統に対して、こんな扱い許されるわけがない。……僕は元婚約者なのに、何もできないのがもどかしいよ」

「気にしないでください。私の問題です」

淡々と返すと、なぜかジャスワントは切なげに微笑んだ。

「ありがとう。君は強いね。……僕は、皇帝選に出ることも怖くてたまらないのに」

「お姉様みーっけ！」

わってはいった声に、ジャスワントがびくっと身を震わせた。

明るい栗毛にくりくりと大きな瞳、人なつっこい愛らしい顔立ち——妹のプリメラだ。

厚手の外套を羽織り、上等な編み目の革靴で元気いっぱいに駆けてくる実妹は、いかにも愛され大切に育てられたお転婆令嬢といった出で立ちだ。シルヴィアとは似ても似つかない。まるで光と影だ。シルヴィアとプリメラが並べば姉妹というより、令嬢と使用人、いやお姫様と施しを受ける物乞いに見えるだろう。

「か、帰ってきたんだね、プリメラ」

ジャスワントがうわずった声で、愛想笑いを貼り付けた。プリメラは頷き返す。

「ついさっきね。パーティーに間に合わせろって大急ぎで。ジャスワントもきてたんだ」

「そ、それはもう、君が聖女になる大事な夜だからね。プレゼントもたくさん持ってきたんだよ。大広間に置いてあるから」

できればそのままふたりで大広間に行ってくれと願ったが、大体こういう願いが叶ったためしはない。

「嬉しいな！　で、お姉様と何を話してたの？」

「特に何も」

淡々としたシルヴィアの回答を聞いて、プリメラがジャスワントへ視線を投げる。そうするとジャスワントがちらちらとこちらを見ながら、答えた。

「か、彼女から声をかけられたんだ。食べ物がほしいって、どうしたものかと」

「そうなんだ。わかったよ、お姉様にはボクから言っておくから」

「あ、ああ。頼んだよ」

ジャスワントがそそくさと逃げ出す。なんだか話が食い違っていた気がするが、訂正する気にはなれない。時間の無駄だ。

それよりも、どうにか無難にここから逃げ出さないとまた面倒なことになる。

「ジャスワント、まだお姉様に未練があるのかもね。嬉しい？」

「婚約はとうの昔に解消されました。今はあなたの婚約者兼皇帝候補です」

「ボクはお父様とお母様がうるさいから、婚約しただけだよ。そもそも皇帝選が悪いんだよ。聖女は皇帝候補と誓約しないと参戦できないって、面倒だよねえ。ボクが参戦したら皇帝候補なんか誰だって結果は同じだろうにさ」

　プリメラはジャスワントを見送って背を向けたまま、頭の上で高くひとつにくくった栗毛の髪先をいじっている。

「お姉様、元気だった？」

　黙っているシルヴィアにプリメラはひとりでしゃべり出した。

「ボクは大変だったよー今回の遠征。すっごい山間(やまあい)の田舎(いなか)でさあ。移動の馬車はずーっとお尻が痛いし、食事だって大したもの出てこないし、遊ぶものもないし。なのに、みーんなボクの苦労も知らずに助けてくださいってさ。あんな薄い瘴気(しょうき)と下級妖魔にびびって、ボクをいちいち呼び出さないでほしいよ。そう思わない、お姉様」

「薄くても瘴気が長く蔓延(はびこ)れば作物も腐り落ちます。必死にもなるでしょう」

　淡々と事実だけ告げると、プリメラが振り向いた。

「お姉様はいいよねえ。残飯漁りなんて、暇でさあ。毎日、生きてて楽しい？」

　プリメラの口元は笑っているが、海色の瞳は笑っていない。何もかも違うのに、光の加減によって変わる瞳の色だけはそっくり同じなのだ。水面のように反射する同じ海色の瞳を伏せて、シルヴィアは事実を確認した。

「そうですね。あなたのおかげで私は瘴気とも妖魔とも無縁ですごせ――ッ！」

正面から、突風がきた。細くて軽いシルヴィアの体はあっさり吹き飛ばされ、地面に転がる。

「楽しい？　嘘つきだなぁ」

こちらに向かって歩きながら、プリメラが笑った。

「相変わらず魔力ゼロなんだね、お姉様。だからベルニア聖爵家の飼い犬みたいにつながれてればいいんだよね。七歳の魔力測定のときからずっとさ。悔しくないの？」

「ただの事実なので」

笑顔を消したプリメラが、シルヴィアを見おろしてひたすら詰め寄る。

「なら、努力がたりないんじゃない？　だってできないって意味わかんないよ。ボクとお姉様は正真正銘、実の姉妹だよ？　同じ両親、聖女ベルニアの血を引いてるんだよ？　妹にできて姉にできないってどういうこと？　ありえなくない？」

「できないものは、できません」

それがこの数年でシルヴィアが出した結論だ。プリメラが舌打ちした。

「まぁお姉様が今更、奇跡的に魔力に目覚めたところで、ボクに勝てるわけないんだけどさ。浄化も、治癒も、結界も、補助魔法も、神聖魔法だって。誰もボクにかなわない」

浄化魔法、治癒魔法、結界魔法、補助魔法に神聖魔法――これら五つの能力のいずれかを持つ女性が、この大陸では巫女として崇められる。どれも瘴気と妖魔に脅かされる人々を守る、聖女から分岐した希少な力だからだ。

　そしてシルヴィアを見おろしているこの妹は、齢十二歳にしてそれらすべてを使いこなす天才だ。最初の聖女が降臨して千年以上、聖女の血筋こそ増えたが血が薄まり能力が弱体化している中で、限りなく原初の聖女に近いと言われている存在である。

　しかも、生まれた時代も完璧だ。百年に一度、聖誕の鐘の鳴る夜に聖痕が出ることはもう確約されているようなものだった。十二歳という年齢は子どもではあるが、幼すぎることはない。聖殿へ赴き、皇帝候補と誓約を果たして聖眼を得てくるだろう。

　今でさえ完璧に近いこの妹が、聖眼まで身につけ本物の聖女になればどうなるか。きっと完璧な未来を視て皇帝選を勝ち抜き、次の皇帝を決め未来を指し示すに違いない。

　この妹はただの巫女でも聖女でも終わらない。未来を作る聖女なのだ。

「このうえ聖眼までボク、いらないんだけどなあ。授かるものだって言われてもね」

　そして、百年に一度の聖誕の鐘が鳴るのは、今夜だ。

　何が気に入らないのか、プリメラはシルヴィアの手の甲を踏みつけた。

「無能は人生楽でいいよね。何もできませんって開き直ってればよくてさ！」

「プリメラ、こんなところに――……っシルヴィア、あなた何をしているの！」

　甲高い声をあげて、今度は母親が走ってきた。どう見ても何かしているのはプリメラで何かされているのはシルヴィアなのだが、そんなふうに母親は考えない。

「プリメラから離れなさい！　プリメラに何をするつもり⁉」

転がっているシルヴィアの肩を蹴り飛ばし、プリメラを抱えてあとずさる。

シルヴィアは七歳の魔力測定で、魔力がないと診断された。魔力は大小あれど誰もが持っている力だ。魔力がなければ浄化や治癒といった能力はもちろん使えず、聖眼を扱えない。すなわち聖女になる資格すらないということだ。

魔力がない、すなわち聖女失格。

その烙印を押されてから、母親にとってシルヴィアは汚点になった。不貞まで疑われたのだ。天才である妹を穢す悪の権化と扱われるのも、しかたがない。そう諦めてから、罵声をいくら浴びても何も痛くなくなった。

「お前なんかがプリメラのそばにいたら何が起こるか……！　この大事な日に！」

「お母様、お姉様を責めないで。お姉様、おなかがすいているんだってさ」

抱きついて甘えるプリメラに、母親は相好を崩した。

「プリメラは本当に優しいわね。でも気にする必要なんてないわ。食べ物が必要ならその辺のゴミでも漁らせておけばいいのよ。死ななければいいんだから」

「でもさあ、お姉様はもうそろそろ売りに出すんでしょ？　聖女失格でも、血統だけはいいんだから。ガリガリなのは商品としてまずいんじゃない？」

「……。あとで食事を運ばせるわ、感謝しなさい」

プリメラを抱いたまま、忌々しそうに母親がシルヴィアをにらむ。

「だからお前はもう、私たちに一切近づかないで——誰か！　この子を馬小屋にでもしばりつけてちょうだい！　早く！」

聖爵夫人の剣幕に領民と忠実な使用人たちが、集まってくる。その目はどれも冷たく、侮蔑に満ちていた。ベルニア聖爵家の血を引きながら聖女になれないシルヴィアは、ただのお荷物、領民たちの税を食い潰す金食い虫だ――他の誰でもない父・ベルニア聖爵がそう宣言しているのだ。ここではシルヴィアの味方をするほうが悪だと決まっている。

（せっかくの収穫日和だったのに）

いつもなら折檻と憂さ晴らしが始まるところだ。だが大丈夫、今夜は聖誕の夜で自分にかまってはいられないはずだし、父親も客人対応に忙しくて折檻する時間もないだろう。ただそれだけを考える。余計な感情は必要ない。

「おかあさまー、もう寒いよ。入ろうよ」

「ああプリメラ、ごめんなさい。そうね、そうしましょう。今夜はお前がいよいよ聖眼を得て本物の聖女になる、大切な聖誕の夜だもの……！」

「そうだよ。それにお姉様はちゃんとわきまえられるよ、ねえ」

意味ありげなプリメラの言葉に眉をひそめる。だがプリメラは機嫌良く踵を返していってしまった。母親はシルヴィアを睨めつけてから、急いでそのあとを追いかけていく。

「プリメラ、ジャスワント様から聞いたのだけれど、何か帝室のほうで問題が起こったみたいなの。ぜひお前に助力を請いたいそうよ」

「えー何それ。ボク、疲れてるんだけど」

「そう言わないで、お父様からお話を聞いてね。皇帝選に関わることだから……皇帝陛下が直々に書状をくださっているのよ」

母娘の会話を領民に引きずられて聞きながら、シルヴィアは白い息を虚空に吐き出す。

皇帝陛下までプリメラ頼みだ。うまくここから逃げ出したとしても、その先に自分に居場所なんてあるのだろうか——その思いを、首を振って振り払う。

(大丈夫。海の向こうにでも逃げたら、自由になれる)

それに、やっぱり今日はついている。

領民たちは、屋根が半壊した馬小屋にシルヴィアを放りこんだだけで、すぐに出ていってくれた。一発蹴られるだけで済んだのも、幸運のうちだ。

それに、場所もちょうどよかった。普段誰も近寄らない馬小屋の裏には、シルヴィアの大事な逃走資金や集めた道具が隠してある。ついでだから、さっき拾った銀貨を隠してしまおう。とられなくて本当によかった。

何よりまだ生きてるし、動ける。

蹴られた腹の痛みが引いたあとで、頬についた藁をぬぐい、立ちあがる。よろよろと馬小屋の壁を支えにして裏に回り、両眼を見開いた。

隠し場所が、見事に掘り返されていた。それだけではない。欠けたスコップは真っ二つにわれているし、錆びたナイフは折れているし、布袋はずたずたに引き裂かれている。集めた硬貨に至っては、ご丁寧に、粉々に砕け散っていた。

「――わきまえられる……」

やったのはプリメラだろうか。それとも、両親に命じられた屋敷の使用人か。

つぶやいて、シルヴィアは砕け散った何かを拾おうとして、そのまま両膝をついた。力が入らなくて、あれ、と思う。

「……大丈夫……大丈夫。問題ない。想定内」

どうにか手に入れたものを奪われ、壊される。いつものことだ。慣れっこだ。また、諦めず積み上げればいい。

暗い空から、白いものが舞い降りそうな夜空を見あげる。穴のあいた靴先から、凍てつくような冷気が吹きこんできた。薄い襤褸布一枚では凍え死んでしまう。今夜をどうするかを、早く考えねばならない。

表情筋と同じように、心を動かす必要なんてないのだ。

「魔力がない私は、ここではお荷物、ゴミと同じ……ただの、事実に、傷つかない」

小さなつぶやきを、鐘の音が無慈悲にかき消した。

聖誕の夜が始まったのだ。ただの巫女などではない、本物の聖女が生まれる夜。シルヴィアの嘆きなどかき消す、荘厳で残酷な音。

「でも海の向こうなら、きっと違う」

屋敷のほうから大歓声が響いた。

プリメラの瞳に聖痕が出たのだろう。鐘の音も押し流すような祝いの声。それがシルヴィアに向けられる日は決してこない――それでも。

「きっと誰かひとりくらい、私、を……っ！」

突然、両目に激痛が走った。

息を呑んだシルヴィアは両手で目を覆って、体を折り曲げる。目が熱い。

（痛い、痛い――何⁉）

錆のようなにおいがする。じわりと涙ではない何か、ぬるりとした液体が目元と手を汚すのがわかった。

やがて、熱を持った痛みが少しずつ引いていく。おそるおそる目をあけると、視界がかすんで焦点がぶれたが、両手が見えた。それと、指先についた錆臭い赤。

血だ。

「……⁉」

ぎょっとしたシルヴィアは、振り返って馬小屋の裏に並べられた桶の中を見る。雨水をためこんでいたその桶は、月と星明かりの下で水鏡のようにシルヴィアの顔を映し出した。

痛みで流したのだろうと思っていた涙の色は、赤だ。

そして見開いた両目の奥に、初めて見る模様がある――十字架の、聖痕。

（聖眼⁉）

思わず桶を突き飛ばした。ごろごろと桶が転がり、冷たい水で赤い血の汚れが落ちる。

（どういう、どういうこと。私は魔力がない。聖眼が使えない。だから、聖誕の夜に聖痕

は顕れず、聖眼は宿らない。聖女にはなれない、聖女失格！　だから）

　さすがに想定外の事態に、思考がまとまらない。いったい何の冗談なのか。

　混乱しながらもひとつ奥の桶を覗きこむ。瞬いても、瞳の奥の十字架は消えない。

「お、おち、落ち着いて。未来……は視えない。聖殿で皇帝候補と誓約し、皇帝選に登録しないと、聖眼の能力は宿らない、から……」

　だが聖眼がなくともはっきり視える未来がある。シルヴィアは立ちあがった。

（殺される）

　聖痕が顕れれば、聖女になれる。もうお荷物の姫ではない。理屈の上ではそうだ。

　だが、現実がそう都合よく運ぶはずがない。

　聖痕が宿る条件は、聖女の血を引くことと、最低限の魔力があることだ。なのに、魔力がないシルヴィアが聖痕を発現させた。言ってしまえば希有な存在になる。

　そんなもの、恰好の実験材料ではないか。

　次の聖女を生むために血統を売るなんて提案が優しく聞こえるくらいだ。

　聖誕の夜に対して、シルヴィアはひそかに希望があった。プリメラが皇帝選に挑む以上、そちらに手間取られて監視の目も数も手薄になるという希望だ。だがそんな淡い希望は今、完全に砕け散った。むしろ今以上に監視は厳しくなるに違いない。

（今、逃げるしかない。いつかじゃ間に合わない！）

　つばを飲みこんだシルヴィアは、先ほどまでの嘆きも忘れて一目散に駆け出した。

今なら鐘が鳴り終わったばかりで皆、プリメラに夢中になっているはずだ。聖痕の発現に激痛が伴うなら、介抱している可能性も高い。おまけにお祭り騒ぎで浮かれていて、いつもより警備も手薄だった。

そのあとは姿を隠そう。藪の中を進んでいけば屋敷の外には出られる。

屋敷は領民にも開放されているので、見とがめられず抜け出せた。問題はその次だ。

「おい、あれ……！」

「お荷物姫じゃないか!?　おい逃がすな、つかまえろ！」

「つかまえればきっと聖爵から報奨金が出るぞ！」

案の定、ちょうど街を囲む門を抜けようとしたあたりで、見つかってしまった。やはり街の出入りを監視する目までごまかすのは無理だったようだ。

騒ぎはすぐ伝播し、皆が逃げるシルヴィアを注視し始める。幸いなのは酔っ払いが多いことだった。たいまつの用意にももたついている。その間に分かれ道の向こうにぶかぶかの靴を脱げたように放り投げておき、反対側の道の藪に飛びこんだ。

草木の生い茂る道なき道を、月明かりだけを頼りに走り抜けながら、唇を噛む。追跡の気配はないが、いずれ大勢に追われるのは明白だった。

（せめて聖眼が使えれば、先が読めたかもしれないのに……！）

だが現実は、聖眼を使えるようになる前に、いきなり殺されるか死ぬかの二択だ。どっちみち死ぬなんて、理不尽すぎる。せめて聖痕なんて顕れなければ、同じ逃亡するにしてもこんな唐突(とうとつ)に、必死にならずにすんだ。何か奇跡くらい起こしてくれないと割に合わない。

でもどんな奇跡だろう。わからない、奇跡など願ったことがない。むしろ何を望めば助かるのか、教えてほしい。

何を望めば『普通』に生きていけるのか——どんと、何かにぶつかった。

尻餅(しりもち)をついたシルヴィアは急いで顔をあげようとして、稲妻(いなずま)に打たれたかのような衝撃を受けた。逃げることも息をすることも一瞬、忘れた。

森の中、わずかに差しこむ月夜の下に、青年が立っていた。

宵色(よいいろ)の髪は月明かりを吸ったように艶(つや)を帯びている。中でもとびきり美しいのは、星屑(ほしくず)の瞳だ。冷たくて、透明で、まばたくたびに、星みたいに輝きを変える。

シルヴィアが今までの人生で見てきたものの中で、いちばん美しい。

(奇跡……?)

惚(ほう)けたまま、そんなふうに思った。

「子ども……」

薄い唇から放たれた静かな声に、シルヴィアは我に返った。

「童(わらべ)……いや娘か？　夜遊びは感心しない」

一瞬奇跡かと思ったが、それで警戒心がなくなるわけではない。

(街の人間じゃない。……聖女狩り?)

聖女の血筋で魔力があれば、聖誕の夜に聖痕が顕れる可能性は平等にある。それゆえに厳格な血統の管理が求められているが、人間の社会は複雑だ。ベルニア家の血だって知らずあちこちで分岐(ぶんき)している。

だから聖爵家がおさめている街には高貴な方はもちろん、不審な輩(やから)もよく現れる。聖女の血を引いている子どもを引き取りに、買いに、あるいは誘拐(ゆうかい)するために――聖女という、皇帝選への参加資格を得るためにだ。

まして今夜は聖痕が目に顕れる、聖誕の夜。当たりが見つかる日だ。

つかまったら、どう利用されるかわかったものではない。

尻餅をついたままシルヴィアはあとずさる。その姿をじっと見つめていた青年はゆっくりしゃがみ、両腕を広げた。

「ほら、俺は怖くないぞ」

そう言われると逆に不信感が増すのは、人並み外れた美貌(びぼう)のせいだろうか。

動かず答えないシルヴィアに辛抱(しんぼう)強く青年が語りかける。

「お前、家は。両親はどうした? 名前はなんという」

「……」

「……。答える気がないか。それともしゃべれないのか」

青年が嘆息し、立ちあがった。同時に、シルヴィアの体もふわっと浮いた。

「なっ……!?」

ばたばた両手両脚を動かしてもまったく抵抗にならず、青年の手まで運ばれる。無表情で青年がシルヴィアの首根っこを片手でつかんだ。

「しゃべれるじゃないか。猫かと思った」

「だ、だれが、猫……っ」

「血のにおいがする。怪我をしているだろう。みせなさ――」

間近でシルヴィアの顔を見た青年が両目を見開いた。咄嗟にシルヴィアは腕で両目を隠すが、もう遅い。

(気づかれた!)

「いたぞ、こっちだ!」

茂みを掻き分ける音と一緒に、いくつかの灯りがこちらを照らし出す。

現れたのはシルヴィアの顔を知る領民たちだった。

「こんなめでたい日に、面倒かけやがって」

「何だ、お前は。街の人間じゃないな。まさか、聖女狩りか!?」

青年を見たひとりが持っていた鍬を構える。乱雑な足音や影と一緒に、五人、六人と増えていく。これはもう、逃げられないだろう。

「知り合いか？」

地面におろしてくれた青年が尋ねる。答えず、シルヴィアはそっと懐(ふところ)に持ったままの銀貨に触れた。

まだ領民は聖痕に気づいていない。近づかれなければ、この暗がりとぼさぼさに伸びた前髪で隠せるだろう。そしてこの青年を盾に隙(すき)をつけば、逃げられるかもしれない。

でも、この青年を巻きこむ気にはなれなかった。たぶん、自分のせいで誰かがひどい目に遭(あ)うのを見たら、まだ痛い——と思う。

覚悟を決めて大きく息を吐き出し、そっと青年の手のひらに銀貨を忍ばせた。

気づいた青年が黙って眉(まゆ)をひそめる。

「なんの真似(まね)だ？」

「目の、口止め料です」

青年は眉尻を動かした。きっと意味は伝わっただろう。微妙に両目が見えないよう、灯りの当たらない場所へと踏み出した。

「懲罰(ちょうばつ)ものですね」

青年を注視していた領民たちが一斉にシルヴィアのほうを向いた。

「聖誕の夜に浮かれて、まんまと私を聖女狩りに盗まれかけた。他の聖爵家に知られれば、ベルニア聖爵家はいい笑いものです」

「お、お前が逃げたんだろうが！」

「私は高く売れるので」

　聖女失格と言われようが、シルヴィアの血統は本物だ。当然、領民たちもそのことは知っている。だから生かさず殺さずで飼い殺してきたのだ。

　目配せし合った男のひとりが、青年に武器を突きつけた。

「おい、お前はさっさと消えろ！　この娘さえ渡せば見逃してやる！」

「先に言っておくが、プリメラお嬢様は渡さねえぞ。二度と近づくな！」

　シルヴィアの誘導どおり、青年を見なかったことにしてくれるようだ。ほっと息を吐き出したそのとき、青年が声をあげた。

「この子をどうするつもりだ」

　ぎょっとしたシルヴィアが振り返ると、なぜか脇に抱えられた。

　当然、領民たちの目に再度、警戒が宿る。

「お前たち、本当にこの子の保護者なのか？　なぜ武器を持って追い回す」

　領民たちは互いに顔を見回し、下品に笑い合う。

「保護者ぁ？　こいつぁお笑いだ、こいつ本当に聖女狩りなのか？」

「まさか今夜が聖誕の夜だとも知らない？　だとしたらまれに見る阿呆(あほう)だ」

「いやいや、そう批判できたものでもないだろう。血統だけは本物だからな」

「そうだな。――いいからそれをこっちによこせ！　そいつは、ベルニア聖爵様が繁殖(はんしょく)用に飼ってる大事な飼い犬なんだよ」

「……飼い犬」

青年が眉をひそめて、つぶやいた。

「推して知るべし、ということか。――しかたない、お前たち」

何もない虚空に向かって青年が呼びかける。

何もない、はずだった。だが青年の呼びかけに答えるように、ざわっと風もないのに木々がゆらめく。

全身に悪寒が走ったのは、あり得ないものの気配を感じたからか、それとも青年の顔に浮かんだ愉悦の笑みを見てしまったからか。

理解するより先に、現実が動く。

「悪い人間だ。喰ってしまえ」

領民たちの背後から、大きくふくれあがった影が襲いかかった。

「ひっ……」

「なん、あいつ、まさかっ……！」

「妖魔だ！　妖魔がいるぞ！　なんで……っ！」

悲鳴と一緒に、ごりごりと骨が砕ける音が鳴る。ぐちゃりと内臓が潰れる音と、ずるずると何かをすする音はまさか血肉をすすっているのか。

ひとが妖魔に食べられる音だ。

呼吸が浅くなったシルヴィアの足元にびしゃりと肉の破片が飛び、ころころと誰かの眼球が転がった。反射なのかそれともまだ生きているのか、ぎょろりと目がシルヴィアを見た気がした。

ひっと喉（のど）が鳴ると同時に、ぐらりと意識がゆらぐ。

さすがにだめだ。もう無理だ。

「これで邪魔者は……おや」

やはり奇跡など起こらない。自戒（じかい）をこめて、シルヴィアは意識を手放した。

運がない。シルヴィアの人生はそれに尽きる、と思う。

魔力がなくても、平穏に生きる人間は大勢いる。だが、生まれた家が悪かった。時代も悪かった。数え上げればきりがない。

とどめにあり得ない聖痕の発現、無謀（むぼう）な逃亡の末、妖魔に襲われ、得体の知れない美青年につかまるときた。

（おそらく、死因は妖魔による捕食……）

もうそろそろ死んだだろうか。妙に暖かいし、全身柔らかいものにくるまれて心地いいし、ここが天国だと言われたら頷（うなず）ける。生きてる間にもう一度味わいたかった、ふかふかの布団の中みたいだ。

はっと意識が戻った。夢にまで見た暖かい布団の感触がちゃんとある。ゆっくりまばたきすると、ぼんやり周囲が見えてきた。

柔らかいクリーム色の壁紙、磨かれた木の床。丸いテーブルと、椅子。

幸か不幸か、天国でも夢でもなく、まだ食べられる前らしい。飛び起きたシルヴィアは、急いで周囲を見回した。

広めの部屋だ。寝台はもうひとつあり、壁際の出窓からは青い空が見えた。どうもこの部屋は高層にあるらしい。そうっと床に足をおろし、出窓に近づいて外を見てみる。

そこには見知らぬ街並みがあった。

所狭しと並ぶ、煉瓦造りの集合住宅。看板を掲げた店では花を買った婦人が子どもと手をつないで出ていく。その横を馬車が通り、なだらかな坂道を軽快な蹄の音と一緒に駆け上がっていった。坂道の先に見える時計塔の周囲では餌を撒いているのか、白い鳥が何羽も飛び交っている。その背後に見える、空とも違うきらきらした一面の青色は、ひょっとして海ではないだろうか。初めて見た。

「ここ……どこ……」

ベルニア聖爵領は内陸地だ。屋敷から相当離れなければ、海などない。

呆然としてつぶやいたシルヴィアの背後で、樫の扉の鍵が開く音がした。

慌ててシルヴィアは元いた寝台に飛びこみ、身を縮こめてしっかり目を閉じる。

扉が開く音に、閉じる音。足音はひとつ、椅子を引く音。何か包みを開く音。誰かが部屋に入ってきたことだけは確かだ。あの青年だろうか。

シルヴィアはそっと目をもう一度あけて、そのまま固まった。

想像どおり、青年がいた。しっかりこちらを見ている。目が合ってしまった。

だがそれ以上に、美形が芋を頬張っている姿に、衝撃を受けた。

「……」

「起きたのか。食べるか？」

立ちあがった青年が自分が食べている芋を半分にして、持ってきてくれる。つい、起き上がって受け取ってしまった。

「……ありがとう、ございます」

「なかなかうまい。ここの宿屋の主人のおすすめでな」

ここは宿らしい。のんびりした口調に流され、芋にかぶりついている青年を横目で見ながら、シルヴィアは小さく芋をかじってみる。

「……」

「……」

「……。おいしくないか？　蜂蜜があったほうがよかったか」

無心でもぐもぐ食べていたシルヴィアは、青年にじっと見られていることに初めて気づいた。首を横に振る。

「甘くておいしいです」

ただの芋かと思ったが、よく見れば皮の色が違う。焼いたのか蒸したのか、調理方法はわからないが中までほくほくと熱い。つまりおいしい。

「そうか。……あまり顔に出ないたちなんだな」

芋と青年の顔を見比べた。そう言う青年も表情豊かには見えない。

「申し訳ありません。表情筋が死んでいて」

「気の毒に。だが芋の素晴らしさがわかるならまだ大丈夫だ」

「……。芋、お好きなんですか」

「好きというわけではない。だが種類といい調理法といい、芋は奥が深い」

真顔で言われて、曖昧(あいまい)に頷き返した。それを好きと言うのではなかろうか。

「この芋は、このあたりの特産物だ。珍しいんだぞ」

「確かに、ベルニア聖爵領では見たことがありません」

やはり、ここはベルニア聖爵領から離れた場所だということだ。

いや、それ以上に寝台でもぐもぐ芋を食べている場合か。

(私を太らせてからおいしく食べる作戦では⁉)

思いついた瞬間、咽(む)せた。

「水だ、飲みなさい」

親切に、立ちあがった青年がテーブルから水を持ってきてくれる。咄嗟にシルヴィアは言った。

「私を食べてもおいしくないです」

きょとんとしたあと、青年はシルヴィアの手にコップを持たせた。

「何を言うかと思ったら。安心しなさい。俺は人間は食べない。芋よりまずいから」

芋が基準なのか。人間は芋に負けるのか。ためしたのか。山ほど言いたいことはあったが、油断はできない。

「でも、妖魔ですよね」

むっと青年が片眉だけを動かす。そのときだった。

こんこん、と樫の扉が叩かれる音がした。目を向けたのは青年と同時だったが、声をあげたのはシルヴィアのほうが早かった。

「このひと、妖魔——っ」

だが途中で口が動かなくなった。それどころか体が勝手に仰向（あおむ）けにひっくり返り、身動きできないまま寝台に転がる。

立ちあがった青年はシルヴィアに妙に丁寧（ていねい）に布団をかけ、扉を開く。現れたのは優しい顔立ちをした恰幅（かっぷく）のよい女性だった。

「ルルカさん。どうですか、娘さんの様子は。部屋に問題は？」

「おかげさまで、よく眠っている。部屋も快適だ」

眠っていない。だが声が出ない。呼吸はできているが、縛（しば）りあげられたように指ひとつ動かせない。相手は妖魔だ。魔力の拘束術（こうそくじゅつ）だろうか。

「よかった。また着替えが必要でしたら言ってくださいね」

「助かる。すまない」

「それだけのお代は頂いております。父ひとり娘ひとりでは大変でしょうし」

誰が父と娘だ。妖魔と人間、捕食者と被食者である。だが、目の前の美青年が妖魔だとは露とも思っていない女性は、差し入れですと果物を渡して、出ていってしまった。

ルルカと呼ばれた青年、もとい妖魔が扉をしめた途端、シルヴィアは跳ね起きる。

「誰が父と娘ですか！」

「夫婦はさすがに無理だ。恋人も」

二十代に見える青年に十三歳の娘にも無理が――と言い返そうとして、ひそかに落ちこんだ。自慢ではないがシルヴィアは発育が悪い。娘らしい体つきをしていないので、実年齢よりは確実に下に見える。となると、父娘はぎりぎりいけるかもしれない。

「いえ、兄妹でもいいのでは……大体、私の名前も知らないのに」

「シルヴィアだろう。シルヴィア・ベルニア。魔力がないという噂(うわさ)だったな」

言い当てられいったん口をつぐんだあとで、せめて皮肉った。

「妖魔は情報通なんですね」

「聖女ベルニアの末裔(まつえい)はずいぶん落ちぶれたようだな。お前に魔力がない、など」

「……どういう意味ですか」

「知りたいか？」

知りたい。だが、深入りするのは危険な気がする。

芋を食べているルルカを横目で見ながら、シルヴィアは話を変えた。

「そもそも、なぜ私はここに？」

「俺がつれてきた。色々、不可解だったからな。口止め料の銀貨は偽物だし」

「え？」

「やはり気づいてなかったのか」

ぽかんとするシルヴィアを笑ったりはせず、ルルカは説明を続ける。

「あれは本物の銀貨ではない。ただの飾りだ。聖誕の夜によく作られている、魔除けの」

「……魔除け……」

「本物だと思っていたんだろう。口止め料と言ったとき、本気のようだったから、気になったんだ。だまされやすそうな子どもだなと」

ぐっとシルヴィアは返事に詰まる。確かにあの銀貨を本物だと思っていた。

「だが、あの人間どもから俺を逃がそうとしただろう。つれてきたのは、その礼だ。あのまま連中に引き渡せば、お前はひどい目に遭っただろうから」

つまり――助けてくれた、のだろうか。

胸がうずきそうになって唇を噛んだ。妖魔にほだされてどうする。

「……今思えば、まったく不要でした。あなたは妖魔なんですから」

「妖魔でも恩くらい返すぞ」

淡々と告げられて、また息が詰まりそうになった。

（ここ数年で私に一番親切なのが、妖魔……）

複雑極まりない。ルルカは静かな目で尋ねる。

「どこか行くあてがあるなら、そこまで送ってやるが」

「……いつか、海をこえたいと」

「そこにお前を助けてくれる人間がいるのか？」

「……きっと。ひとり、くらい、は……」

「それは、誰もいないということか」

答えられず、黙った。ルルカは芋を食べ終えるまで返事を待っていてくれたが、誰もいないということは伝わってしまっただろう。

正面の椅子に腰をかけ直したルルカが、頬杖をついて言う。

「俺でよければ、庇護してやろうか」

「……え？」

「これも何かの縁だ。ここでひとり、放り出されても困るだろう？」

それはそうだ。だが、ここで単純に喜べるほど、シルヴィアの今までは安くない。

「何が条件ですか」

端的に尋ねるシルヴィアに、ルルカが長い脚を組み直して笑う。

「なかなか警戒心が強いな」

「私は『だまされやすそうな子ども』だとおっしゃったのはあなたです」

「なるほど、自覚はあるんだな。だが、難しい話ではないぞ。実は、仕事で皇帝選に出なければならないんだ」

「妖魔に仕事？」

つい半眼になったシルヴィアに、ルルカが肩をすくめる。

「妖魔だって仕事はある」

「……そうであったとしても、妖魔が皇帝選に出るなんておかしいです。最初の聖女が降臨したときに、人間は地上を、妖魔は魔界を支配することで、人間と妖魔の決着はついているはず。それに、あなたたちの親玉の妖魔皇は、聖女に心臓を封印されています」

妖魔皇というのは、妖魔たちを統べる王だ。自らの肉体を持たない妖魔の中で、人間との間に生まれたために、生まれたときから妖魔皇は自分の肉体を持っていた。そのため地上でも、妖魔たちの世界――魔界でも器に縛られず自在に力が振るえる。だから聖女に心臓を封印された今もなお、妖魔たちの頂点に立っているらしい。

妖魔たちが今、魔界に引っこみがちなのは、自分たちの王が聖女に負けたからだ。

そこでぴんときた。

「ひょっとして、妖魔皇から皇帝選に乗じて心臓を取り戻せと命令された？」

「近いがはずれだ。妖魔側ではなく人間側――帝室の尻拭いだな。妖魔皇の心臓が盗まれたから、さがすのを手伝ってくれと連絡がきた」

は、と一瞬シルヴィアは呆ける。

「それは……一大事なのでは」

「人間でもそう思うか？」

「と、当然です！　妖魔皇の心臓は、皇帝選が始まったそもそもの、世界を滅ぼす原因です。この国で知らない者はいません。それが、盗まれたなんて……」

　システィナ帝国の建国は、滅亡の宣告から始まった。

　あと一年でこの世界は、瘴気によって滅ぶ。そう神から託宣を下されたのが、千年ほど前のこと。

　だが慈悲深い神は滅亡と同時に、救いの手段も与えた。浄化や治癒に長けた四人の巫女に、聖眼と呼ばれる未来を視る眼を授けたのだ。そしてその眼を使い、瘴気の発生を先回りしてふせぐことで、百年分だけ滅びの未来を回避するよう告げた。要は百年だけ、世界の寿命を延ばしたのである。

　だからこの国では百年に一度聖誕の鐘が鳴り、皇帝選の課題を通じて瘴気の原因を封じることで、世界の寿命を延ばす。それが皇帝選の本質だ。皇帝選の課題を最高得点で解決できた聖女の皇帝候補が次の皇帝になるのは、社会的には世界の寿命と同じくらい重要だが、世界の視点からはただのおまけにすぎない。

　そして最初、聖眼によって滅びの原因とされたのが妖魔皇――当時、妖魔と人間の間に生まれた子どもの心臓だった。

　妖魔皇は妖魔としての心臓と人間としての心臓をふたつ持っていた。子どもの妖魔皇では妖魔の心臓が暴走してしまい、大量の瘴気が溢れてしまう。だから聖女は子どもだった妖魔皇の心臓を封印し、瘴気を抑えることに成功した。

「まさか、盗まれただけでなく、聖女の封印が解かれては……」

「緩んではいるが解かれてはいないだろう。もしそうなら今頃、世界中が瘴気だらけだ」

ふとそこで思い出した。確か、皇帝からプリメラに相談がきていなかったか。

「……妖魔皇の心臓が盗まれたのは、いつ頃ですか」

「俺に連絡がきたのが聖誕の夜の少し前。盗難に気づいたのは半月前と聞いた」

プリメラにきた話がこの件なら、時系列は合う。俄然、真実味が増してきた。

「ですが、なぜ妖魔皇の心臓を取り戻すために皇帝選に出馬する必要が？」

「お前は、封印された妖魔皇の心臓がどこに保管されていたか、知っているか？」

知るわけがないと、シルヴィアは首を横に振る。

「妖魔も同じだ。実際、俺も知らない。そもそも聖女の封印なんてものに妖魔は近寄りたがらない。つまり、妖魔皇の心臓の在処を知っているのは人間だけだった」

「……なら盗んだのは、人間ですか」

シルヴィアの出した推論に、ルルカは頷き返した。

「少なくとも帝室、聖爵といった政治中枢にいる人間が関わっているだろう。しかも、盗まれた時期が時期だ。皇帝選が関わっているとしか考えられない」

ルルカの話は筋が通っている。だがシルヴィアは少し引っかかった。

「妖魔皇の心臓は瘴気を発生させる装置のようなものと聞いています。それを皇帝選に使っても、課題の難易度があがるだけで、参戦者に利がありません」

「だが、皇帝選を破綻させることはできる。何かしらの牽制にも使えるだろう」

確かに、世界が滅亡する危険性と隣り合わせだが、自分が認められない世界など滅べという過激派はいる。

「いずれにせよ盗まれたということは、聖女の封印は確実に緩んでいる。妖魔も、妖魔皇の心臓を食って力をつけようと動く輩が出てくるだろう。だが妖魔皇もさすがに自分の心臓を食べられたくはない」

「……そこは、納得できます」

「解決方法はふたつ。元通りに封印して戻すか、大人になった妖魔皇に心臓を戻すか」

そうか、妖魔皇はもう大人になっているのか。そう思いながら確認する。

「ルルカ様は後者ですか」

「ああ。帝室は前者を希望しているだろうが、俺が先に見つければ後者だ」

どちらがいいのかまでは、シルヴィアには判断できない。だが、とにかく見つけないと話にならないという点で、帝室と妖魔皇は合意したのだろう。

「盗まれた場所すらわからない以上、皇帝選を押さえるほうが効率がいい。俺は地上にいるほうが長いし、どう見ても人間だ。目立たずに動ける」

「その顔で?」

反射で聞き返してしまった。だが、目立つのが人生のような顔だ。目立たないことを信条に生きてきたシルヴィアからすれば、絶対に近づきたくない類の顔である。

「ここ数年は芋作りに引きこもっていたから、大丈夫なはずだ」

きりっと言われても、相関関係がまったく不明だ。というか作っているらしい、芋。

「根拠になりません。その顔は危険です」

「そんなことは」

「あります」

「…………。……そうか……？」

「そうです」

真顔で黙りこまれてしまった。何やら葛藤しているらしい。

不毛な気分になって、シルヴィアは話をまとめる。

「お仕事の内容はわかりました。でも、どうして私を庇護……」

皇帝選に出る——つまり、皇帝候補になるには、聖女が必要だからだ。

途中で気づいたシルヴィアを、ルルカが見つめ返す。

「どこかで適当に聖女を拾おうと思っていたので、ちょうどよかったと言えばそうだ。野良のようだったし。——だが、無理強いはしない」

突然の譲歩に、シルヴィアはまばたいた。ルルカが長い脚をもう一度組み直す。

「断っても、ベルニア聖爵家に突き出したりしない。俺を助けようとした礼に、本物の銀貨も資金も持たせよう。だが俺にも仕事がある以上、手を貸せるのはそこまでだ」

もっともな話、いや十分に有り難すぎる話だ。逆に不気味になってくる。

「ただ、脅すわけではないが、ベルニア聖爵家から逃げるのは骨だと思うぞ。皇帝選が始まった今、聖女の使い道はいくらでもある。聖眼も隠せないようでは早々に捕まっていいように使われるか、ベルニア聖爵家に連れ戻される気がするんだが」

「……聖眼を隠す方法、あるんですか」

「ある」

教えてくれと頼むなら、シルヴィアも何かルルカに差し出すべきだ。それくらいは言われなくても、常識としてわかる。

それにルルカの予想は的確だ。ここでルルカと別れ、聖眼も隠せないままひとりでうろうろしていればいずれ見つかる。相手は四大聖爵家のひとつ、ベルニア聖爵家だ。

(連れ戻されたらもう次はない)

選ぶしかない。そう、今、自分が選べるのだ。

相手は妖魔。人外だ。わかっているのは平凡とはほど遠い顔。だが、聖爵家への忖度はないだろう。しかもほしいのは、聖女というシルヴィアの形だけだ。妖魔が人間の力をあてにするとは思えない。

——そういう意味で、安全だし、信じられるのではないだろうか。

「俺の聖女になるなら、娘として庇護しよう。条件はそれだけだ。どうする？　あまり考える時間をやれないが」

何より、選択肢を提示して、自分の意思を確認してくれる。今までシルヴィアの周囲にいなかった大人だ。それで十分ではないかと、シルヴィアは顔をあげた。

「……わかりました。あなたの娘になります」

「いいのか？」

「はい。そのかわり聖眼を隠す方法や、さっきの魔力の話を教えてください。多くは望みません。ただ、普通に生きていけるだけの力と知恵がほしいんです。あと皇帝選は、実家に目をつけられないよう、目立たずお願いできれば……」

わがまますぎるだろうが。だがルルカは少し考えて、頷き返してくれた。

「いいだろう。俺は人間の皇帝位になど興味はない。妖魔皇の心臓について情報がほしいだけだ。だが、早々に成績不良で失格になられるのは困る」

「……努力します。私はお父様を皇帝にしたい娘、ですから」

要はそういう設定を演じる仕事だ。かみ砕いたシルヴィアに、ルルカが初めて笑った。

「のみこみの早い娘を持てて、父として誇らしい。──拾った責任は取る」

「いえ最低限で結構です」

きっぱり言い切ると、ルルカが眉をひそめる。

「なぜ拒むんだ？」

「父親にいい思い出がないので」

「そうか……面白そうだから頑張るつもりなんだが、年頃の娘は難しいな」

何やら遠い目をして、ルルカが嘆息した。

「それにしてもよかった。皇帝選に登録しておいて正解だった」

「……はい？」

視線を戻したシルヴィアに、澄んだ瞳のルルカはしれっと告げた。

「お互い協力して頑張ろう」

「……。今、皇帝選に登録したと聞こえましたが」

「ああ」

皇帝選では、聖眼を通じて与えられた課題をこなし、点数を争う。だが、誰もが挑みたがるわけではないので、参加は登録制になっている。期間は、聖誕の夜から百日間――皇帝選の課題が始まる前までだ。その間に皇帝候補を選び、聖殿に向かい、皇帝候補との誓約を交わし、聖眼を使用できるようになって、登録完了だ。

ふっと嫌な情報が頭に浮かぶ。聖殿はそれはそれは美しい海が見える街にあるとか。

そしてさっき、自分はとても綺麗な海を見た気がする。

「――で、でも、誓約はどうやって……本人が必要ですよね」

「誓約など聖殿でお決まりの文言を読むだけだ。俺がお前を操って聖殿に赴き、誓いの文言を唱えて、完璧に俺との誓約は完了した。心配しなくていい」

なるほど、それなら可能だと納得しそうになったが、そういう問題じゃない。

ルルカの結論は最初から決まっていた。すなわち、シルヴィアに提示された選択肢などなかったに等しい。これが詐欺でなくてなんなのか。

「……。はめましたね」

「お前が自分からはまったんだ。悪い男にだまされないように教えていかないとな。これぞ父の役目だと思わないか」

頭に血が上っている気がする。これは、頭にきたというやつだ。久しぶりの感覚に、青筋を立てたシルヴィアは、まったく悪びれない父を据わった目でにらむ。

「いつか独り立ちする際は殴っていいですか、お父様」

「嫁にいったら泣いてしまいそうだな」

真顔で言われるとますます腹が立つ。

だが落ち着こう。長年、できるだけ感情を動かさないようにしてきたせいで、一度感情が溢れると自分を見失いがちな気がする。まずは深呼吸だ。

「それで、これからどう――」

樫の扉が再び叩かれた。また宿の主人だろうか。

だがルルカは誰何もせず、立ちあがってシルヴィアの腕をつかんだ。

「逃げるぞ」

「え？」

反論は聞かないとばかりに、外套をかぶせられた。襤褸布ではない。フードがついた、袖のない真っ白の外套だ。戸惑っている間に素早く胸元のリボンを結ばれ、さらに肩からさげる革の鞄まで押しつけられた。

「お前のだ。気に入らなければあとで他のを用意するから、今は着ていなさい」

「私の……ですか」

黙って頷いたルルカが、出窓をあける。

背後では、どんどん扉を叩く音が大きくなっていた。咎めるような声をあげているのは、先ほどの宿の女主人だろうか。騒動の予感に、シルヴィアはルルカを冷たく見た。

「何をしたんですか、お父様」

「人聞きの悪い。皇帝選登録者の一報が今日、出たからだろう」

「……ひょっとして、候補者潰しですか」

候補者潰しとは、皇帝選の課題が始まる前に味方のいない登録者を早々に始末してしまうことだ。そうすれば皇帝選で争う必要もない。

シルヴィアをひょいっと脇に抱え、ルルカが窓枠に足をかけた。何気なく下を見てしまい、その高さに悲鳴をあげそうになる。

（まさか）

背後で扉が蹴破られた。同時にルルカが窓枠を蹴る。

「口を閉じていなさい、噛むから」

「いたぞ、追え！」

見るからにならず者といった風体の男たちが部屋になだれこんできて銃剣を構えるが、

ルルカが向かいの建物に飛び移るほうが早かった。

シルヴィアを抱えたまま平然とした顔でルルカが建物の壁に対して垂直に走り出す。人間ではありえない身体能力だ。それとも魔力か。いやそんなことはどうでもいい。空中浮遊の恐怖にくらべれば。

「どこへ行けばいいかわかるか？」

「そっ……そんなこと、今、わかっ、わか、っる、わけっ」

さすがに動揺で声がうわずる。だが、ルルカは冷静だ。

「聖眼が使えるはずだ」

その言葉に、建物から建物へ飛び移る恐怖が一瞬、消えた。

少しも意識がなかったが、本当に聖殿でこの男と誓約を交わしたならば、シルヴィアはもう聖眼が使える。

「慣れないうちは目を閉じて、質問をすると視えやすいと聖殿で説明を受けた。無理はしなくていい。体に馴染むまで時間がかかるらしい」

「そ、そういう説明は、自分の耳で聞きたかった、ですっ」

「文句を言う元気があるなら大丈夫だな」

ここで使えないと言うと負けたみたいだ。ぐっとひとまず目を強く閉じる。

（質問？　私たちのこれからを問えとでも？）

どうなるのだろう。この先、妖魔についていって、未来はあるのか。あってほしい。

ふっと目を開くと、視界がぶれた。咄嗟に視界にかすめた光景をシルヴィアは叫ぶ。

「右！」

「？　何が」

問い返す途中で突然急停止したルルカが、縦に飛び上がった。

そのままであればルルカがいたであろう場所に、上空から拳で一撃を打ちこんだのは、先ほど宿に押し入ってきた襲撃者のひとりだ。

(追いかけてきた⁉　人間が妖魔をどうやって⁉)

その答えは、襲撃者の赤く光る目が物語っていた。妖魔に取り憑かれているのだ。

「まさか肉体があれば俺に勝てるとでも？」

呆れたようにつぶやいたルルカが、予告なくくるりと宙返りした。当然、抱えられたシルヴィアの視界もぐるりと回転する。

海って逆さで見てもきらきらして綺麗なのだなどと思ったのは、多分、現実逃避だ。

「無礼者」

玲瓏と言い捨てたルルカの踵落としを脳天にくらって、襲撃者が建物の屋上に沈んだ。

潮風に髪をなびかせやっとまっすぐ立ってくれたルルカが、思いついたように尋ねる。

「そういえば、高い所は大丈夫か」

「……聞くのが、遅いです……」

目を回しながらなんとか言い返すと、ルルカからは「すまない」と真顔で謝られた。

＊

雨は嫌いではない。特にさあさあと細い糸のように降り注ぐ音は、世界を夢見心地に塗り替えてくれる。特に静かな夜は、その音だけが響くのが、好きだった。

だがその心地よい雨の静寂を、忙しない足音が遮る。荒々しく廊下から踏みこんできたのは父親。そのあとを追うようにして母親も入ってきた。

「まだシルヴィアの死体も見つからないってどういうことなの、あなた」

「どうもこうもない、事実だ」

騒がしく廊下から入ってきた両親に、窓辺に佇んでいたプリメラは嘆息する。

「街の外に出て以降の足取りがつかめない。シルヴィアを追っていた領民たちも見つからない。今、隣町まで範囲を広げて捜索させている。まさか他の聖爵家に助けを求めてはいないと思うが……」

声色こそ冷静だが、父はコートと上着をソファの背に乱雑に投げ捨てた。苛立っているのだろう。母は頭痛をこらえるような顔をして、そのソファに座りこむ。

「あの子は恩を仇で返すような真似ばかり……おおかた、自分にやはり聖眼が出ないとわかって絶望して飛び出したんでしょう。自殺するならわかりやすく首でもくくればよかったのに、嫌がらせのつもりかしら」

「あの寒空に着の身着のままで飛び出すなど、自殺行為でしかないからな」

母の向かいのソファに座った父が、銜えた葉巻に火をつける。そして苦々しく言う。

「それか、聖女狩りにあったかだ」

「ありえないわ！」

ソファを蹴飛ばす勢いで、母が立ちあがる。ありえないと言いながら、引きつったその笑みには脅えがあった。父は紫煙を吐き出しながら苦々しく言う。

「とにかく、死体でもなんでも見つけるしかない。聖誕の鐘が鳴り終えたあと、シルヴィアの目を確認した人間はいないんだ。――だから私は屋敷に閉じこめておけと言ったんだ、聖誕の夜だけでも」

母が父の苛立ちを感じ取って、横へと移動した。

父の唇から煙草を取りあげ、その火を灰皿に押しつけて消す。

「ごめんなさい。お疲れなのに気づかなくて。温かいワインを用意させます。できることはやったのですから、ええ大丈夫です。きっと死体がすぐ見つかるわ。見つからないとしたら、きっと妖魔にでも襲われて跡形もなく食べられたのよ」

「ならいいのだがな」

「大丈夫よ。私たちにはプリメラという宝があるのだもの。聖痕だって出たし、あとは聖殿に向かうだけ。ねえ、プリメラ」

こちらに向いた矛先に、プリメラはにっこりと笑い返した。

「うん、喧嘩なんてする必要ないよ。だってお姉様は生きてるんだから」

ぎょっとする両親に、プリメラは唇の端を持ち上げた。

「だってお姉様は聖眼がないことに絶望するような人間じゃない」

「プリメラ、だがそれだと……」

「きっとお姉様の目に聖痕が出たんだ。だから逃げたんだよ」

窓硝子に指先を押しつける。雨音が大きくなり始めていた。いくつも叩きつけられては流れる雨粒が、窓に映ったプリメラの顔をゆがめていく。

「聖誕の夜なら、街の外には絶対に聖女狩りがいたはず。その中のひとりと誓約して力を借りるとか、お姉様だったらそれくらいの賭けに出るよ」

「誓約⁉　冗談ではない、ベルニア聖爵家は認めないぞ！　お前の手伝いをするというならまだしも……！」

「ねえ、ボク早く聖殿へ向かいたいなー。思ったより楽しめるかも、皇帝選」

突然話を変えてくるりと振り向いたプリメラに、両親が顔を見合わせる。

「妖魔皇の心臓も盗まれたって話だし、何よりボクの聖眼がどんなのか気になるよね」

「それはそうだが、皇帝候補のジャスワント様がな……準備に一ヶ月はほしいと」

「プリメラ、焦ることはないわ。あなたの聖眼なら、素晴らしいものに決まってるし」

「だ、旦那様、奥様！」

慌ただしい足音と一緒に、執事が駆けこんできた。

「なんだ、騒々しい。何かわかったのか」

「さ、先ほど届いた皇帝選の登録者第一報に、シルヴィアという名前が……！」

両親が青ざめて立ちあがる。

そんな馬鹿な、何かの間違いだ調べろ、皇帝候補は誰だ――騒がしくなる声を背中で聞き流しながら、プリメラは窓に映る自分と向き合い、笑う。

（そうでなくちゃ面白くないよねぇ）

その笑みを隠すように、稲光が外で走っていた。

＊

脇に抱えられて馬より速く疾走したりひょいひょい宙を飛んでいくことに、慣れを通りこして無心になり始めたところで、ようやくルルカが足を止めた。

「ここでいいだろう」

静かな丘陵だった。落日の強い光がそのまま差しこんでまぶしい。

やっと地面におろしてもらえたシルヴィアは、そのままぐたりと突っ伏した。地面を恋しいと思う日がくるとは思わなかった。生い茂った草が体を受け止めてくれる。あたたかいのは、外套をまとっているおかげだ。ふと起き上がって、まじまじと外套を見る。

素敵な柄が入った外套だった。サイズは少し大きいが、その分長く使えるだろう。真っ白だから、大事にしないと汚れが目立ってしまう。でも可愛い。

肩からかけた革の鞄も丈夫で使いやすそうだ。中をあけてみた。猫が刺繍されたハンカチや小さな財布が出てくる。いつの間に用意してくれたのだろう。全部新品だ。

(私の……)

じんわりにじんだ感情を、どう表現すればいいかわからない。財布を振ってみると、かすかに音がした。開けてみて、びっくりする。

銀貨だ。シルヴィアが渡した偽物とは違う。

「これが、本物の銀貨……」

──拾った責任はとる。

真実味を帯びた言葉に、銀貨をぎゅっとにぎる。まだ戸惑いはある。結論が先で、説明は詐欺と変わりない。何より妖魔だ。

でも、今まで出会った中で、誰よりもシルヴィアをまっとうに扱ってくれる。

ルルカは少し離れた場所で何やら森の中を見回っているようだった。安全を確かめているらしい。何か自分もできることはないだろうか。そわっとしたシルヴィアは、小指に当たった小石に、ひらめく。

「人気もないし、広さもある。ここで──……何をしている?」

作業に夢中になっていたシルヴィアは、戻ってきたルルカに気づいて顔をあげた。

「大きな石と枝と、枯れ葉を集めてます。あと草も」

「……。なぜ」

「火をおこせるように。枯れ葉や草は敷き詰めると寝床になります」

立ちあがると、鞄に詰めこんだ石が、弾みでぼとりと落ちた。あ、と声をあげたシルヴィアの視線を追って、ルルカが石を拾う。その眉間は苦悶するようによっていた。

「なるほど……それで鞄に、石と枝と草と枯れ葉を詰めこんでいるのか」

「はい。とても丈夫な鞄です。大事にします」

言ってから、ルルカがしかめっ面なのを見て、首をかしげた。

「何か問題が？」

「……いや、好きに使えばいい。お前の鞄だ。ただ、今日は野宿じゃない」

「え？　でも……」

どこを見回しても、ひとっこひとりいない。何もない草原だ。

「娘に野宿なんて危険な真似はさせられない。俺の別荘を召喚する」

ぱちりとまばたくシルヴィアに背を向け、しゃがんだルルカが地面に両手をつく。目の前に広がる草原の上に黄金の光が奔った。

広大な円陣だ。幾何学模様で描かれた魔法陣から、地響きを立てて胸壁と円錐が生えてきた。塔と、鐘のついた尖塔だ。

ぽかんとするシルヴィアの前で、続いて天窓、屋根、壁、窓、鉄柵と次々に地面から出てくる。最後にはまるで最初からそこにあったような形で、どんと立派な城館が丘陵に鎮座していた。

「しばらくはここを根城にする。きなさい、今日からお前の家だ」

びっくりしたシルヴィアはルルカの横顔を見あげる。

ルルカの前で、鉄柵の門が音を立てて勝手に開いた。歩き出したルルカに置いていかれないよう、石や枝でいっぱいの鞄を抱えて、小さな噴水のある前庭を通り、外階段を登って見あげるほど大きな両開きの玄関をくぐる。

まず目の前に現れたのは大広間だ。白と黒のタイルが交互に敷き詰められており、階段まで赤い天鵞絨(ビロード)の絨毯(じゅうたん)が敷かれている。天井に吊されたいくつかのシャンデリアに火が灯されていて、昼間のように明るい。ついきょろきょろ見回してしまう。

(……ここが、私の家……ベルニア聖爵邸より、広い)

これが別荘ならば、本邸はどうなるのだろう。

そもそも妖魔に身分差とかあるのだろうか。ありえない話ではない。下級妖魔という言い方をルルカはしていたし、妖魔皇という支配者もいる。

それを次の第一声でシルヴィアは確信することになった。

「おかえりなさいませ」

大広間の奥で交差している階段の前に、人影があった。ルルカの背後からこっそり顔だけ出してみる。

執事服を着た若い男性だ。神経質そうな視線が素早くシルヴィアを検分したが、すぐにそらされた。少々顔色が悪く見えるのは、光源のせいだろうか。だが背筋の伸びた立ち姿は、とても綺麗だった。

「それとも、のこのこよくも顔を出せたなこのクソジジイ、と言うべきですかね?」

眉間に刻まれたしわからルルカより年上だと思っていたので、ジジイよばわりにシルヴィアがびっくりしてしまった。だがルルカ本人に気にした様子はない。

「お前がいてくれるのならば楽でいい、色々」

「いたくていたんじゃないですよ。掃除をしてたら一緒に召喚されただけです」

「そうか。スレヴィ、これは俺の娘だ」

ぐい、と背中を押して前に立たされた。スレヴィと呼ばれた執事が片眉をはねあげる。

「はあ? 娘? その石ころを詰めた鞄を持った小娘が?」

言われてから、鞄の中身を見た。確かに、こんな立派なお屋敷に持ちこむには不似合いだ。どうしようか迷っていると、ルルカが声をかけた。

「あとで片づければいい。持っていなさい」

「……ですが」

「お父様がいいと言ってるんだからいい」

はっとスレヴィが鼻で笑った。

「お父様? あんた未婚でしょう。寝言も大概にしやがれですよ。しかも人間の娘じゃないですか。今度はなんの気まぐれを起こしてそうなったんです?」

「俺の聖女でもある」

そのひとことにスレヴィが視線を鋭くしたあと、嘆息した。

「──本当に皇帝選に出るおつもりで」

「心臓を取り戻すには、それが一番手っ取り早い」

「世も末だ。ま、芋作りに励んでいるよりはましですが」

じっと身を固くして様子をうかがっているシルヴィアに、ルルカが少し身をかがめる。

「この男は大丈夫、俺の味方だ。面倒をみてもらいなさい」

「……妖魔にですか」

「そうだ。上級妖魔だが、俺と従魔の契約をしている。危険はない」

「スレヴィさんが瘴気みたいにもやもやっとしてないのは、なぜですか？」

妖魔というのは妖魔皇以外、肉体を持たない瘴気のような存在ではないのか。シルヴィアの疑問に、他ならぬスレヴィ本人が答えた。

「契約したんですよ、この人間と。何百年前だったか忘れましたがね。死後も体を使う契約ですので、批難される謂れはありません。自分の体だと思って大事にしてます」

シルヴィアはそろっとスレヴィを見あげる。スレヴィは嘆息を返した。

「で、これがあんたの娘──つまり姫様ということで？」

「そうだな」

「姫？」

眉根をよせたシルヴィアを無視して、ふたりは勝手に話を進める。

「ろくに食べていないようだ。今は魔力で補強して体調を維持させているが、まずは体力をつけさせてやってくれ」

「わかりました」

「あとは教育も。人間の中で生きていく術(すべ)を身につけさせろ」

「おおせのままに、我らが宵闇(よいやみ)の君。姫様の部屋は日当たりのいい場所ですかねやはり」

「私は屋根と壁があればどこでも……」

「まずは体調をととのえなさい。本当はろくに動けないはずだ」

眉をひそめるシルヴィアに、ルルカが言い聞かせる。

「ここなら危険はない。ゆっくり養生(ようじょう)できる」

「ですが……食べられたり、しませんか」

申し訳ないがスレヴィを横目で見つつ尋ねると、ルルカが小さく笑った。

「俺の姫と知って手を出す妖魔など、そういない」

なぜだかぞっとしてシルヴィアは固まる。

満足したようにそれを見つめて、ルルカは踵(きびす)を返した。

「念のため周囲を確認してくる。スレヴィ、俺の姫を頼んだ」

「わかりました」

玄関口に戻っていくルルカの背に手をのばそうとして、その手を止めた。

(妖魔にも慣れないといけない)

上級妖魔、つまりとても強い妖魔だ。本当に強い者こそ、無闇に弱い者をいたぶったりしない、と思いたい。それに、主人はルルカだ。要はシルヴィアはご令嬢で、スレヴィは使用人——そう振る舞えなくて、どうする。昔、できていたことだ。

石を詰めこんだ鞄を抱いたまま、苦い過去を吸って吐く。そして胸を張った。

「案内をお願いします」

シルヴィアを見おろしたスレヴィは、にっこりと笑い返した。

「もちろんです、姫様。——大変よろしい。ここで泣き出すアホなら、食い殺してやるところでしたよ。小汚い、石ころを大事に抱えている子どもなど」

「備えは大事です」

毅然と言い返したシルヴィアに、スレヴィが笑う。

「それは備えですか、ふむ……なかなかいいですね。みすぼらしい少女を立派な淑女に育てる。大変美しい設定です。腕が鳴りますよ」

そういえば妖魔は美しいものを好むと聞いたことがある。実際、スレヴィの身のこなしは優雅だ。内心はどうであれ、恭しくシルヴィアに頭をさげてくれる。

「こちらへ、姫様。お部屋にご案内します」

「ありがとうございます」

「あとで身支度も調えましょう。まずは形から。石を集めようが何をしようがかまいませんが、妖魔皇の姫君がそのようにみすぼらしいのはいただけない」

驚いたシルヴィアは、階段の一段目で足を止めてしまった。スレヴィがまばたく。

「何か？」

「……えっ。妖魔皇って……あの？」

あのが何をさすのか自分でもわからなかったが、スレヴィは頷き返した。

「そうです。あの妖魔皇です。——ご存じなかった？」

「妖魔を統べる王様……ですよね。お父様が？」

「そうです。最上級妖魔ルワルカロシュ。通称ルルカ。妖魔の頂点、芋作りジジイです」

「……冗談ですよね？」

すがるようなシルヴィアの確認に、スレヴィはにたりと笑い返す。

「知らずについてきたと？　なら、うまくはぐらかされたんでしょう」

そんな馬鹿な。

（な、なら今の私は……妖魔皇の娘ということに……）

目立つとか普通とかいう次元の話ではない。

「いいように使われますね。お気の毒です」

ぐらりとよろめいたシルヴィアの踵から、小石が音を立てて転げ落ちた。

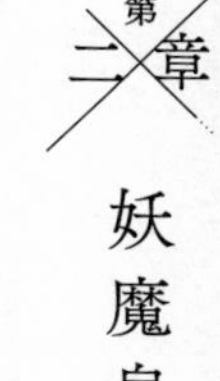

妖魔皇ノ娘

妖魔皇だなんて聞いてない、詐欺だ。万が一にも皇帝選で妖魔皇の娘だと知られたら、人間としての人生が終わるではないか。

　そう直訴したシルヴィアに、ルルカは首をかしげて言った。

「言ってなかったか？」

　怒りに慣れていないシルヴィアの体力はそこが限界だったらしく、そのまま仰向けにぶっ倒れた、というのはスレヴィにあとから聞いた話である。

　そのままシルヴィアは三日三晩、寝込んだ。

　かいがいしく世話をしてくれたのは、スレヴィだ。タオルも洗面器も、しょっちゅう水を取りかえ、額を冷やしてくれた。目をさますといつだって冷たい水差しがあって、果物や粥や口にしやすいものを運んできてくれた。

「仕事ですからね。放り投げるのは美しくない」

　熱でぼんやりした頭で、意外と妖魔が役割や義務に忠実なのだと学んだ。

　昼間、眠りすぎたせいだろう。真夜中に目をさましたシルヴィアは、少し離れた場所に灯りを見つけて眉をひそめた。

（またいる）

長い脚をソファに投げ出し、ルルカが本を読んでいる。

看病の中心はスレヴィだが、ルルカはいつもシルヴィアの部屋にいる。熱で魘されている間に与えられた自室は日当たりのいい、綺麗な部屋だ。萌黄色の壁紙に、天蓋つきの柔らかい寝台、ギンガムチェックのクッションが置かれた出窓椅子とそろいのカーテン。続きに衣装部屋と簡単な水回りも用意されている。書斎机に本棚、応接ソファと立派な調度品もそろえられていた。ベルニア聖爵令嬢として扱われていたときも、ここまで広く立派な部屋を持っていたことはない。

だからといって、ルルカにとって居心地がいいわけでもないだろう。なのにいる。まさかシルヴィアが倒れた責任でも感じているのだろうか。

（今までの傾向からしてない。なら、何かの罠？）

息を殺してじっと観察する。本のページをめくったルルカが、おもむろに口を開いた。

「明日には起き上がってもいいとスレヴィが言っていた。まだ寝ていなさい」

気づかれているのなら、寝たふりをしていてもしかたない。起き上がると、ルルカが本から目をあげた。

「寝ていなさいと言っただろう」

「目が覚めました。お父様は、私の見張りですか」

ちょっと眉をひそめて、ルルカが立ちあがった。

「ずいぶんつんけんしているな」

「だまし討ちされているので」

「結果論だろう」

真顔で言えるのだから、この妖魔は信用ならない。

だが、シルヴィアは嘆息ですませる。

熱に魘されながら考えていた。ルルカもスレヴィも、シルヴィアを利用しようとはしていても傷つけたりはしない。ならば、ここは知恵や力をつけるほうに振り切るべきだ。少なくとも皇帝選が始まるまで世話になるのが最善である。

問題はそのあとだ。

皇帝選で勝つ気はないとルルカは言っているが、確実にこの顔は目立つ。つまり、成績がどうであれ結局目立つ。そうなったらベルニア聖爵家に見つかるのも時間の問題だ。そもそも皇帝選にはシルヴィアという名前で登録されてしまっている。

だが、この状況を円満解決する方法を、シルヴィアはひらめいていた。

(目立つ前に、他の聖女をあてがう)

皇帝選は途中、誓約を破棄して棄権することも、再誓約も可能だ。聖女も皇帝候補も互いに失格になっていない者同士なら、相手を取りかえられるのである。

ベルニア聖爵家に見つかる前に、どこかの聖女にルルカを押しつけて、シルヴィアは誓約を破棄、皇帝選を棄権して姿をくらませる――完璧な作戦だ。

だが、シルヴィアが逃げようとしていることを知れば、ルルカも何かしらの手を打ってくるかもしれない。だから、あやしまれないよう親子ごっこを続ける。

つまり今必要なのは、娘っぽい振る舞いだ。頑張ってみよう。

「次、だましたら家出します」

言ってから、自分で顔をしかめた。今、家出をしたら路頭に迷って困るのは、確実にシルヴィアのほうだ。脅しにならない。

(難易度が高い)

出ていけるものなら出ていけと言われるのがオチだ――両親がそう笑ったように。

「……それは困るな」

意味が一瞬わからず、遅れて顔をあげた。ルルカは何やら考えこんでいる。

「お前が家出をしたら、さがさないといけない。妖魔も俺に従う者ばかりではないし、人質としては有効だ。人間もお前に何をするかわからない。心配だ」

本当は呆然とする自分のほうがおかしいのだろう。こんなときは、ほとんど表情が動かない自分の顔が有り難い。おかげでいつも通り、頷ける――頷けていると思う。

「そうです。……お父様は、困る……はず、です」

「しかたない。先に説明するよう、心がけよう」

本当に説明するのか。本当に――いなくなったら、心配してさがしてくれるのか。

困惑するシルヴィアの前に、ルルカが持っていた本を差し出した。

「眠れないのであれば、何か読むか？」

表紙には知らない単語が並んでいる。つい眉がよった。

「……難しくない本なら」

「読めないのか」

端的な確認に、シルヴィアは両肩を落として頷く。

「小さい頃、少し習っただけ、なので……」

「文字は書けるか？　計算は？」

答えずにいると、ルルカが嘆息した。読み書きもできないのかとシルヴィアを嘲笑(ちょうしょう)した領民たちよりは優しいだけで、当然の反応だ。

聖爵家の令嬢が読み書きも計算もあやふやなんて、普通、ありえない。

「では、俺が読んでやろう」

「……え？」

顔をあげると、ルルカが本棚の前に立って何やら考えこんでいた。

「どんなものにしようか。子ども向け……だが、十三歳だったな」

「……はい」

「あまり夢見がちなものも興ざめするか。難しいな……」

指先で本の背をなでていきながら、ルルカが尋ねる。

「何か、好みはあるか？」

「い、いえ。……その、なんでも、いいです」

「そうか。では、これにしよう」

一冊の本を取り出し、ルルカが椅子を持って寝台脇にやってくる。寝台のすぐ近くにある洋燈(ランプ)の火を大きくして、手元を照らした。

「横になりなさい」

椅子に腰かけたルルカに言われて、急いでシルヴィアは寝台の中に潜り直す。

(本を、読んでもらえる……)

自分には無縁だと思っていた光景だ。まだ聖爵令嬢としてすごしていた頃でも、母親はお転婆(てんば)なプリメラにかかりきりだったことが多く、そういう記憶がない。

「眠くなったらそのまま眠りなさい」

胸がどきどきしてきた。顔を半分隠すように、シーツを引っ張り上げて尋ねた。

「……長いお話ですか？」

「一冊で終わるが、朗読するには長い」

「続きが気になって、眠れないかもしれません」

「それは困るな。……最初に概要(がいよう)だけでも話そうか」

ぽん、とルルカが布団の上を軽く叩いた。

おとなしく聞いていなさいと言われた気がして、シルヴィアは急いで目を閉じる。

「この話はある若い夫婦の物語だ。妻のほうが主人公」

ここ数日だけでシルヴィアの血管を何度も切れさせそうになったルルカだが、声はいつだってとても優しい。ゆらゆら水面をたゆたうような心地になる。

「あるとき、空き部屋だった隣の部屋に同世代の夫婦が越してくる。夫の職が同じ金細工師なこともあり、妻同士もとても仲良くなっていくのだが、ある日隣の夫婦の夫の作品が貴族に気に入られ、お抱えになるんだ」

「……」

「最初はお祝いするのだが、少しずつすれ違っていく。たとえば新しくなった家の壁紙。ふたりで月に一回、節約して近所のケーキを楽しんでいたのに、有名なカフェでおごられるようになる。それは夫の給与の違いだと気づいた妻は少しずつ、親友とも思った女性を憎むようになっていく」

「…………」

「そんなときふたりに子どもができる。互いに初めての子ども、一時的にふたりの仲は良好なあの頃に戻る。だが実は隣の妻の子どもが、自分の夫の子どもだと知った主人公は」

「お父様」

目を開いたシルヴィアに、ルルカが本から顔をあげた。

「子どもを寝かしつけるためにそれを選ぶのはどうかしてます」

「……そうか。そんな気はしていた」

もっと早く気づいてほしい。だが「別のを持ってこよう」と立ちあがるルルカの姿が新米の父親のようで、とてもくすぐったく思ってから、我に返った。ただの親子ごっこだ。

（……やっぱり難易度が高い）

でもルルカの声はやはり心地よくて、シルヴィアは知らず眠り直していた。

熱もすっかりさがったシルヴィアを待っていたのは、教鞭を持ったスレヴィである。

高く積み重なった本を、シルヴィアは無言で見つめた。

大昔に基礎は学んだ。だが、長く勉強というものから離れていたせいで、とにかく自信がない。だが開いてみた教本は、覚悟していたほど難解ではなかった。

「読み書き、計算の基礎からすべてやり直してもらいます。姫様の環境を鑑みるに、ベルニア聖爵家の教育などまったくあてにならない。すべて忘れてください」

「は、はい。……妖魔の読み書きと計算、人間と同じなんですね」

「よいところに気づきました。なぜかわかりますか?」

スレヴィはぴしゃりと鞭を手の中で鳴らす。やや身を引きながら、シルヴィアは考えてみた。

「……人間をだませるから?」

「そうです。我らの姫様は大変賢い」

ほめられていい発想なのだろうか。だがスレヴィの目は真剣だった。

「読み書きや計算を筆頭に、知識のない人間は簡単にだませるんです。わかりますね」

銀貨のことを思い出して、シルヴィアは神妙に頷く。

「よろしい。ちなみに、姫様が学びたいことはありますか？」

「……護身術に、興味があります」

いずれひとりで生きていくのだ。多少でも心得があったほうがいい。

スレヴィは椅子に座るシルヴィアを見おろして、考えこんだ。

「そうですね。自分の身は自分で守れたほうがよい。ルルカ様に頼んでおきます。私は頭脳派ですので」

すまし顔のスレヴィに、シルヴィアはそうですかと頷き返すしかない。

簡単な読み書きと計算ができるようになるまで、半月とかからなかった。呑みこみがいいとスレヴィがほめてくれたが、スレヴィの教え方がいいとシルヴィアは思う。

きっちり食事と睡眠がとれる健康な生活に体が慣れてきた頃には、午前中に勉強をすませ、天気のいい日は午後からルルカと外の中庭に出ることになった。

「……宜しくお願い致します」

武術の稽古は初めてなので、緊張した面持ちで訓練用の木の剣を持つ。なかなか重くて片手で扱うのは無理だ。両手で抱えようとしていると、ふっと木剣が浮いた。ついっと横に滑らせたルルカの指の動きと一緒に剣が勝手に動き、地面に刺さる。

「必要ない」

「ですが、武器を使ったほうがいいのではないですか」

「妖魔でもそうだが、女性はよほど体格に恵まれない限り、筋力や体力で男性に劣る」

近づいてきたルルカが、シルヴィアの前に立った。

「そのかわり、女性は高い魔力を持つことが多い。聖眼を持てるのは女性だからだろう。だからまず魔力を鍛える方向でいく」

「でも、私は魔力がありません」

しゃがんだルルカが、シルヴィアの額にかかった髪を手のひらで持ち上げる。綺麗に伸ばし直すために、スレヴィが切りそろえてくれた前髪だ。

「聖眼は使えただろう。お前は魔力がないんじゃない。魔力を作れない体質なんだ」

「……それは、結局ないのと同じでは？」

「一見そうだ。だが、自分で魔力を生成できない人間の中には稀に、瘴気を魔力に変換できる人間がいる。お前はそれだ」

ぱちりとシルヴィアはまばたく。その頭に、ルルカが手を置いた。

途端に、なんだか体が温かくなった。風も吹いていないのに、ふわっと髪の毛が浮き上がる。両手を見ると、何か淡い光が見えた——魔力だ。

「——これ……私、ですか」

「ああ。俺も多少なら瘴気をまとっている。だから手を置いただけでこれだ」

両手をにぎったりひらいたりしながら、シルヴィアは呆然とする。

（どうやっても発現しなかった魔力が、こんな簡単に）

感動よりも困惑のほうが大きい。ルルカが頭から手を放しても、淡い光はそのままだ。

「妖魔の天敵だ。人間に取り憑かず肉体を持たない妖魔は、瘴気の塊だからな。お前のような体質の人間の近くにいくと、魔力に変換されてしまう」

「……ならなぜ、私の魔力は測定されずに……」

「お前の妹の噂は俺も聞いている。浄化も何でもお手の物な天才だとか。しかも生まれはベルニア聖爵家。ずっとお前は、瘴気にも妖魔にも無縁の環境にいたんじゃないのか」

確かに、シルヴィアはベルニア聖爵邸の敷地内から出たことがない。瘴気や妖魔を見たのも、ルルカと出会ったあのときが初めてである。

「魔力の元になる妖魔や瘴気と接触できずに育った。お前の魔力が観測されなかったのは、そのせいだ」

思いもよらない回答に、シルヴィアはただぽかんとするしかない。

「ベルニア聖爵家にもう少し冷静さがあれば、気づけたはずだ。妹の才能のわかりやすさに目が曇ったんだろう。妖魔からすれば、妹よりお前のほうがよほど恐ろしいんだが」

今ひとつ実感がわかない。自分の体が光っているのも、ルルカの仕業じゃないかと思ってしまう。

「納得できないか」

「……努力してもだめで、諦めたので」

「それは努力する方向と環境が正しくなかったからだ」

断言におずおず顔をあげると、正面のルルカと目があった。真面目(まじめ)な顔をしている。

「これからも当然、努力は必要だ。瘴気を際限なく魔力に変換できるわけじゃない。魔力の限界量もあるし、それをこえて瘴気を浴びれば他の人間と同じように倒れる。変換した魔力をきちんと溜めておく術も覚えないといけない。今も垂れ流しっぱなしだから」

「あ」

淡い魔力の光が唐突(とうとつ)に消えた。すっとルルカが立って、シルヴィアから一歩、離れた。

「たとえば俺は、意識してお前に吸われないよう魔力を制御できる。中級妖魔でもその程度はできる。あるいは、瘴気の有無。効率よく魔力に変換し、溜め、配分し、無駄なく的確に使う——覚えることは山積みだ」

聞いているだけで難しい。今からできるだろうか。でも、もしできたら——生きやすくなるだろう。少しくらい。

正しい努力と環境。胸に刻んで、さきほどまで光っていた手を握りしめる。

「お前は才能がある。だからちゃんと使い方を覚えなさい」

何より妖魔皇が保証するのだ。自然と背筋が伸びた。

「頑張ります。……普通に、生きられるように」

まっすぐ立ったシルヴィアに、ルルカが優しく頷き返す。

「そうだな。素手で熊が倒せれば、普通に暮らすこともたやすいだろう」

「はい。熊を素手で倒せれば確かに……普通………？」

「ということで」

ルルカがすっと横に身を引いた。ルルカの背後にずっと立っていたらしい、黒い巨体にぎょっとする。

「お前の家庭教師として魔界からお越し頂いた、妖魔の熊さんだ」

「か、家庭教師……ですか。妖魔の、熊さんが」

「今から、鬼ごっこをしてもらう。わかるか？」

ぶるぶるぶると首を横に振ると、ルルカが無表情で続けた。

「簡単だ。最初に三十数えるので、その間お前はどこか遠くに逃げるなり、隠れるなりすればいい。そのあと、この熊さんがお前をさがし、追いかけて捕まえる」

「お、追いかけられるんですか、私が」

「そうだ。魔力の気配を消せば見つからない。あるいは、聖眼を使って未来を読み、出し抜くかだ。この城館自体、長く魔界にあって瘴気を帯びているからな。お前は問題なく魔力を使える」

そう言ってルルカが懐中時計を懐から出した。

「制限時間は十分にしよう。その間、逃げ切ればお前の勝ち。捕まればお前の負けだ」

「あ、あの。相手はお父様ではだめなんですか!?」

焦ってついそう尋ねると、ルルカが驚いたような顔をした。

「なんだ、お父様がいいのか。意外と甘えただな、俺の姫は」

「違います！　怖いんです！」

「感情が出てきたな、いい傾向だ。魔力は意外と意思や感情に左右される。だが、心配しなくてもその妖魔は熊の死体に取り憑いている。動きはそんなに速くない」

ルルカの斜め後ろにいる妖魔熊が、肯定するようにかくんと横に頭を倒した。そのままゆらゆらとゆれている。ひっと喉が鳴った。

「まずは魔力が使えるということを体で覚えなさい」

「は、はい。で、でも……普通の訓練ですか。本当に？」

「普通だ」

真顔で言い切られたが、信じられない。というかこの妖魔が信じられたことがあっただろうか、今まで。

「あの、やっぱりおかしいような――」

「ではよーい、はじめ」

何の心の準備もできないままルルカが宣言する。

その瞬間、かっと瞳孔が開ききった妖魔熊が咆哮した。

「グオアアァァァァァ」

「ぎゃ――――！」

ここ数年で一番の悲鳴をあげて、シルヴィアは駆け出す。いーち、にー、と数字を数える優しい父親の声が聞こえた。

（あ、あれが最初の訓練相手とか、おかしい絶対！）

あの妖魔熊、絶対に安全だと思えない。

だがもう始まってしまったのだ。もたもたしていたら、最初の猶予である三十秒などすぐになくなってしまう。

（遠くまで逃げて隠れる⁉　それよりもまず……！）

屋敷の壁に身を隠したシルヴィアは深呼吸して一度目を閉じる。

大丈夫、使える。今の自分は前の自分とは違う。ちゃんと教えてもらった。

魔力が使えることを、まず信じるのだ。

だから両目を、答えを視るために開いた。

視るべきはあの妖魔熊がどう動くかだ。できればそう、動き出すであろう頃——いや方角がはっきりしそうな、もっと先の光景。

だが一瞬見えた光景では、妖魔熊はゆらゆらゆれてルルカのうしろにまだいた。

「え？」

シルヴィアはまばたいてみた。視線を落とせば、靴先と地面が見える。だから熊が視えたということは、聖眼が使えた証だ。

だが願った時点のものが視えなかった。使い慣れていないからだろうか。もう一度と、改めて精神を集中して、目を開く。

ルルカの背後で、妖魔熊が咆哮して走り出すのが見えた。

「違う、もっと先――っ」

「ガアアァァァァァ！」

数秒遅れて、咆哮が聞こえた。ぎょっとしたシルヴィアは、とにかくその場から離れようと駆け出しながら考える。

（ひょっとして、数秒後の未来しか視えない？）

もう一度やってみよう。走りながら、意識を集中してみる。視えたのは、自分の背後。ものすごい勢いで角をまがって走ってくる妖魔熊の姿だ。

「フゴアアァァ‼」

角を曲がる寸前に背後で聞こえた声に、シルヴィアは悲鳴をあげて逃げる。こうなるともう足を使うしかできない。

がくがくゆれながら不自然な動きの四つん這いで追いかけてくる不気味な何かに、涙目になりながら必死で駆ける。

だが決死の逃亡は、ほんの数秒しか許されなかった。

あり得ない跳躍力でシルヴィアの頭上を飛び越えた妖魔熊が、前方をふさいだ。

逆さまになった頭が、ぐるんとこちらを向く。喉が凍り付いたように震えて、悲鳴さえ出なくなった。まして、飛びかかられ、がっしり両腕で抱きしめられ、どう考えても首が折れた角度で鼻先を近づけられたときの恐怖といったら。

「聖眼を使っているのが丸わかりだったぞ。もっと気配を殺さないと」

熊に抱えられたまま帰ってきたシルヴィアは、死んだ目でルルカを見あげる。

「ほ、本物の熊より動きが速い気が……」

「それはそうだ。本物の熊を素手で倒すためには、本物の熊より強い熊を倒さなければならないだろう」

無茶苦茶な理屈に、反論する気力もなくなった。

「だが冷静に聖眼を使ったあたり、筋はいい。大丈夫だ。すぐに本物の熊を平手で張り倒せるようになる」

「……普通の人間は平手で熊を張り倒せないのでは……」

「安心しなさい。妖魔熊を倒せればベルニア聖爵家など敵ではない」

それはそうかもしれないが。

(実はどんどん平凡から遠ざかってるのでは……？)

どうか間違った未来に進んでいませんように。

聖眼を持つ聖女になっても、未来を願うしかないときはある。

＊

シルヴィアは寝付きがいい。

今夜も選書について文句を言いながら、半分も進まない間に寝入ってしまった。

指先の魔力で栞を挟み、本を閉じる。そしてテーブルに置いておいた。文字を読めるようになったシルヴィアは、続きを翌日に読むようにしているらしい。そしてまた、別の本をルルカに読み聞かせてもらって眠る。

文句を言っているが、本を読み聞かせてもらうのを気に入っているのだ。

（素直ではないな）

そもそもシルヴィア本人が、自分は愛情など求めていないと誤解しているからだ。あれは諦めているだけである。だからほしいとも言わない。だが、妖魔皇の娘たるもの、もっと強欲でなくては困る。そのためにはまず、受け取れる人間にならねばならない。

幸福も、愛情も、夢も願いも、脅えて受け取れない人間は、美しくない。

「姫様はお休みですか」

「ああ」

シルヴィアの寝室から出ると、灯りを持ったスレヴィが、薄暗い廊下に立っていた。

魔力で屋敷を昼間のようにするのは簡単だが、それでは情緒がないと文句をつけたのはスレヴィだ。だから夜は灯りを最低限にしている。そもそも夜が活動時間である妖魔は夜目がきくので灯りは必要ないのだが、人間の姫がいる以上はそのようにという配慮だ。

「姫様はなかなか優秀です。この短期間で、読み書き計算はほぼ完璧になりました。今後は歴史や科学分野に手を延ばします」

「妖魔の知識を人間に？」

「娘だとおっしゃったのはあんたですよ」

　廊下を歩きながらルルカは肩をすくめた。その背後にぴったりスレヴィはついてくる。

「まだ引き取って三ヶ月ほどですが、健康状態も問題ないようです」

「背も少し伸びたな。栄養状態がよくなったからだろう」

「魔力のほうはどうですか。目の聖痕を隠せるようになったようですが」

「ああ。勘がいいし、魔力量もある。体力をつければもっと伸びるだろう。妖魔熊からも今日は一時間近く逃げおおせたぞ。息をするように魔力を操るようになってきた」

「それは妖魔の魔力の使い方ですよ。人間は普通、そんなふうに魔力を使いません。人間は物なり術式なり、何かを媒介して魔力を使うものです」

「それはもう、妖魔皇の娘だからな。無能な人間と同じでは困る」

　喉を鳴らして笑ったルルカに、スレヴィが溜め息を吐く。

「確かに、簡単に死なれて、皇帝選から脱落するのは困りますしね」

「俺の姫は俺の聖女でもあるからな。それで、用件は？」

「二件ほど。近郊の街に、妖魔が現れたようです。下級か中級か、とりあえず締め上げにいったほうがよろしいかと。見せしめもかねて」

　今度はルルカが溜め息を吐く番だった。

「まさか心臓ほしさに魔界から出てきたのか。嘆かわしい」

「聖女の封印が緩んで妖魔皇の心臓が手に入るとなれば、そりゃ張り切る馬鹿はいるでしょう。あんたの権威なんて力業しかないんですから」

「なんだ、俺と喧嘩をしたいなら相手になってやるぞ」

「ご冗談を。ふたつめの用件です。皇帝選登録者の最新リストが手に入りました」

立ち止まったルルカに、スレヴィが懐から出した封書を差し出す。

「最初の課題発表まであと七日。聖眼の能力を見極め、慣れる時間を考慮すると、この登録者で最終決定だと思われます。聖爵家の聖女と皇帝候補もすべて出そろいました」

「気をつけておくべき人物は？」

「特にありません。宵闇の君なら、有象無象の人間どもなど一瞬で食い散らかしてしまわれるでしょう。妖魔皇の心臓を取り返せれば、ですが」

「お前、やはり俺と喧嘩をしたいのでは？」

軽く笑い、封書を開かないまま、スレヴィに押し返す。スレヴィは何も言わず封書を懐にしまった。

「安心しろ。心臓は取り返す。こんな面倒はもうごめんだ」

「そうしてください。また聖女に心臓を捧げたら、娘に軽蔑されますよ」

息を呑む、小さな音が聞こえた。そしてすぐさま、空気が動く。足音は聞こえなかったが、気づかれたことに気づいて逃げ出したようだ。

背後にある廊下の曲がり角には、もう誰もいない。視線だけを動かしたルルカは、嘆息する。

「わざと聞かせたのか？」

「いいえ、私も今気づきました。盗み聞きとは素晴らしい成長です」

「最後に勘付かれるあたり、まだまだだ」

「あとお行儀もよろしくないですね。礼儀作法などの淑女教育も追加しなければ」

「お前は俺の姫の教育に熱心すぎないか？　どこまでやるつもりなんだ。原石を磨く楽しさはわかるが」

ルルカもその楽しさにのめりこんでいる自覚があるが、思ったよりスレヴィは熱心だ。からかいまじりのルルカの目を、スレヴィはまっすぐ見返した。

「それはもう、いっそ宵闇の花嫁にふさわしいくらいに」

「……。花嫁？」

「我らが宵闇の君が女性を気にかけるなど珍しいので、これを逃す手はないかと」

スレヴィが何を狙っているのか察して、ルルカは呆れた。

「まだ子どもだぞ」

「すぐ大きくなります。それに千年生きてて、年齢なんて気にしてる場合です？　このままだとあんたもう千年、独身ですよ」

「余計なお世話だ。もう寝る」

嘆息して歩き出す。スレヴィはついてこなかった。

「そんなにいい女でしたか。聖女ベルニアは」

そのかわりに、背中に問いを投げかけられる。返事はせずひらりと手を振るだけで、ルルカはその場をあとにした。

＊

ひとりの朝食を終え、いつもの時間に教本を持って勉強部屋の扉を開くと、スレヴィだけでなくルルカもいた。長いソファにゆったり腰かけて、新聞を広げながらスレヴィから給仕を受けている。

（ゆ、昨夜の盗み聞きは……ばれていると、考えるべき）

——聖女に心臓を捧げた。

封印されたという話と、全然違うではないか。詳細を聞きたいようで聞きたくない。皇帝選の根幹にかかわるような話だったら、どんどん普通が迷子になる。もし知ってはならない妖魔皇の秘密だったりしたら、他の聖女を宛がって円満解決する道のりも遠くなる。

（——よし、何も聞かない！　お父様も、そのほうがいいはず）

ごくりとつばを飲みこんで扉を閉め、いつも通り頭をさげる。

「おはようございます、お父様。スレヴィも」

「今日はお父様が勉強を教えてくださるんですか？」

大事なのは会話の主導権をさっさとにぎることだ。だがルルカは想像もしないことを言い出した。

「今日は街に下りる。外出の支度をしなさい」

「……なんのために？」

「大丈夫だ、毎日魔界からお越し頂いてる妖魔熊さんよりも弱い」

嫌な予感がする。無言のシルヴィアに、口端を持ち上げてルルカが言った。

「聞いていただろう、昨日」

固まったシルヴィアを流し目で見ながら、ルルカが新聞を閉じた。

「お行儀が悪い。というお説教はスレヴィからしてもらうことにして、お父様の仕事を手伝ってくれないか」

「……それは、街に出たという妖魔を倒す、とかですか」

「ありがとう、助かる。俺はいい娘を持った」

「何も言ってません」

「では早速出かけよう」

いつもの、結論が先にあるやつだ。スレヴィまで無情にシルヴィアの背を押す。

「姫様、お支度を。動揺して聖痕を視認されないようお気をつけください」

「おはよう、俺の姫」

「……本気で私に妖魔退治をしろと？」

「大丈夫です、できます」

できるのか。できていいのか。尋ねたいが、返事が怖い。

それに、うすうす察していた――この三ヶ月、妖魔たちから受けた教育はちょっと普通ではないのではないか、とは。

（まだそうと決まったわけではない、はず……！）

自分の部屋に逆戻りしたシルヴィアに、スレヴィが荷物の入った鞄を持ってくる。

「必要なものは入っています。石や枝を集めてこないように」

「……木の実は」

「だめです。ですが、服装はご自由に」

渋々、今までほとんど使ってこなかったタンスを開いた。スレヴィに下着姿で計測されたあと、大量に用意されたシルヴィアの服だ。

動きやすさを考えて、ワンピースを選んだ。足元は厚手のタイツで防寒だ。そして、最初にルルカからもらった外套を羽織って、顔を隠す。姿見で全身を確認して、驚いた。

そこに薄汚れた襤褸布をまとい、今日の食べ物をさがしていた少女はいない。

（毎日、鏡で見ていたのに）

屋敷の中で同じ日々をすごしていたから、自分の変化に気づかなかった。がりがりだった頰は肉がついて丸みが出てきている。背も少し伸びている。髪も綺麗にそろって伸び始めていた。猫のような海色の目が、愛想が悪く見えるのは変わらないが、生まれつきなのはしかたない。驚いているのに無表情なのも、いつものことだ。

　くるんとまわってみたら、鏡の中の人物も同じように動いた。少し大きめだった外套もサイズが合ってきている。

（これが、今の私）

　鞄を持って玄関を出ると、前庭で二頭引きの箱馬車が待ち構えていた。スレヴィに手を貸してもらい、中に乗りこむ。正面の席にはルルカがいた。驚いたのはその恰好だ。

「どうした？」

「お父様、ちゃんとした恰好ができるんですね」

　ルルカは動きやすい恰好を好んでいるらしく、かちっとした上着やベストは着ず、シャツの襟は開けっぱなしで袖もまくっていることもある。艶やかな長い髪も、邪魔にならない程度に結んでいるだけだ。

　それが本日はきっちり上着も着て、髪も綺麗に結ってある。

「スレヴィ曰く、街を歩くならこの姿のほうがまだ目立たないそうだ」

　なんとなくわかる気がして、シルヴィアは相づちを返す。ものすごい美貌の主が農夫のような恰好をしているのと高貴な恰好をしているのとでは、前者のほうが混乱させるし絡まれやすいだろう。

「どこぞの貴族か金持ちの父娘だと思われて、目立つと俺は思うんだが」

「目立つんだから目立たせたほうがましなんですよ。それではいってらっしゃいませ」

スレヴィが馬車の扉を閉めた瞬間、シルヴィアははっとした。

当然だが、ふたりきりだ。

（……これは、昨日の盗み聞きを咎(とが)められる展開では）

などと焦っている間に馬車が動き出した。窓の外の景色が流れ出す。

「何かお父様に聞きたいことはないか？」

「いいえ少しもないです」

眠ったふりでもしようと思っていたのに、早口で答えてしまった。

「なんだ、お父様の過去が気にならないのか」

最近わかったことだが、ルルカはシルヴィアを怒らせて面白がっている節がある。

（でもこんなふうに言うなら、大事な秘密ではない）

聖女と個人的な関係があったのだろうか。

だが、知りたがっていると思われるのは癪(しゃく)だ。つとめて冷静に、シルヴィアは答えた。

「父親の女性関係なんて、知りたくないです」

「……そう言われると強く出られないな」

これで会話は終わりだ。そう思ったら、足を組んだルルカが静かに言った。

「子どもだった俺には、聖女というより姉のように見えた」

「なぜ話すんですか、嫌がってるのに！」

「他の聖女が俺を殺してしまえと言う中で、唯一封印を主張した。それですむはずだと、攻めこむ前にひとりで交渉にきたんだ」

　耳をふさごうとしたが、話の続きよりも優しいルルカの目の先が気になって、中途半端に手の動きが止まった。

「あとは棲み分ければいいだけだと——あの時代、まだ魔界は地底と呼ばれていて地上のあちこちと地続きだった。だが、聖眼でいずれ分断されることを教えてくれた。俺が心臓を渡してまず世界を救い、妖魔は地底に、人間は地上にして争いをさける。それで百年、世界の寿命は延びるはずだという見立てだった」

「……そして聖女の見立て通り、世界は救われた……」

「ああ。見事だった。俺が大人になったら心臓を返す。そう約束した。そう約束すれば大人になったとき、また会えると思ったんだ」

　宵闇の目に、しっとりした愛惜がにじんでいる。見たことのないその表情に、シルヴィアは胸を押さえた。なんだか、苦しい。

「だが俺の心臓は封印されたまま、彼女と二度と会うことはなかった。彼女以外から心臓を返してもらうのも嫌でな。放っておいたら、まあこの騒ぎだ」

「……心臓を渡したのは、聖女ベルニアですか？」

　ただの勘だった。だがこういうときの勘は当たるのだ。嫌な予感、というものだけは。

「ああ。初恋だったな」

恋というものをシルヴィアは知らない。そんな食べられもしないものにかまっている暇も余裕もなかった。だから初めて見た。

恋をしている顔、というものを。

（初恋だったという顔じゃない……のでは……）

千年たった今でも、まさかまだ想っているのか。それとも、恋なんてものには年月も種族も関係ないのか。

そんな情熱を、シルヴィアは知らない。なのに、なぜだか呼吸がしにくい。知らず、ぎゅっと膝の上の拳を握っていた。

「お前は、彼女に似ている気がする。年齢は違うが」

だから、保護してくれるのか。つまり、愛しさを上乗せしたルルカの瞳が見ている先は、シルヴィアではなく——むっとしてから、我に返った。

今、腹を立てる要素がどこにあっただろうか。

（普通、先祖とはいえ、他人に似ていると言われて嬉しくは……）

いや、そうでもない気がする。親に似ていると言われて喜ぶ子どもは、珍しくない。しかも偉大な聖女に似ていると言われたら、喜ぶか恐縮するところではないだろうか。

「きっと俺を助けようとするところが重なったんだな。思えば見た目も——」

「似てません」

気づいたら、今までででいちばん冷たい声が出ていた。ルルカが驚いた顔で口をつぐむ。

「同じにしないでください」

「……お前の先祖で、偉大な聖女だろう。それこそ、お前の妹よりも」

「でも、約束を破ってます。私なら心臓を返します」

「それは、色々事情があったんだと思う。建国し、人々の生活を立て直す必要もあった」

「返す手段は講じておくべきです。約束を破ったと、妖魔皇の不興を買わないために。聖眼がなくてもわかります。つまり聖女ベルニアは約束を違えても問題ないと知っていたんです、最初から」

　自分が何に苛立っているのかわからないまま、シルヴィアはまくし立てる。

「大体、おかしいです。言い伝えでは、妖魔皇の心臓の封印は聖女四人の功績。聖女ベルニアひとりで勝手に交渉したのが事実なら、そんなふうに後世に伝わらないでしょう」

「それは……他の聖女の面子を守ったんだろう」

「他の聖女にも聖眼があるのに、聖女ベルニアの単独行動が許されたとは思えません。お父様に心臓を差し出すよう、最初から全員で仕組んだのでは？」

　最初の聖女は四人ともすべての未来を見通していたと言う。それならば、妖魔皇とはいえ子どものひとりやふたり、優しい姉を演じてだますくらい簡単だろう。

「い……いや、だが……」

　ルルカが珍しく気弱な声をあげた。だが容赦せず、シルヴィアはたたみかける。

「そのあと、心臓の封印を権威に聖女と皇帝候補はシスティナ帝国を作りました。絶対に心臓を手放すわけがありません。少なくとも、聖女が生きている間は不可能です。だからお父様に心臓の在処も知らせなかったのでは？」

「……」

「最初から返さないつもりだったというのが、合理的結論かと」

何かを言いかけて、ルルカは視線を泳がし、額に手を当てた。

「…………。あれ……………………？」

ルルカの瞳から、夢を追うような光は消えていた。そのかわり、冷笑するシルヴィアがちゃんと映っている――こんな顔が自分はできるらしい。心が動くことなど滅多になくなっていたのに。

「それに気づかずうっとり語られても、気持ち悪いです」

今までそんなふうに言われたことがなかったのだろう。本気で衝撃を受けている。

「気持ち悪い⁉」

「…………気持ち悪い…………俺の初恋が……」

「残念ながら」

苦悶するようにうなだれたままのルルカは、そのまま黙ってしまう。

ふいっとシルヴィアは窓の外を見た。すっきりした反面、まだ苛立ちがある。別に嘘八百を並べたわけではない。可能性の高い推論だと思う。

だが、らしくないことをした自覚はあった。

千年も前の、子どもの初恋を粉砕する必要なんてどこにもない。聖女ベルニアはとっくに死んでいるし、もう終わった話だ。ただ聞き流しておけばいいのだ。

（でも、聖女ベルニアに似ているからと執着されても、困るし……）

ちらと視線だけを正面に戻すと、ルルカはまだ頭を抱えていた。

傷つけただろうかと思うと、落ち着かない。でも、謝りたくない。

「……だから、聞きたくないと言いました」

我ながら可愛くないと思うが、そう言うのが精一杯だ。

顔をあげたルルカと視線は合わせられないが、ぼそぼそ言い訳をつけたす。

「父親の初恋のひとに似ているとか、娘としては微妙になります。理想の初恋のひとでも育てようとしているのかと」

「そんなつもりはない。彼女に対して向けた感情とお前に向ける感情は違う」

きっぱり否定してから、ルルカは懺悔するように眉間にしわをよせて唸った。

「もうお父様は、二度と恋なんてしない……！」

乙女か。だが、突っこまなかった。

（興味ない。恋なんて）

本当に――らしくないことをした。

「……馬車なんてあったんですね」

ルルカも話題を変えたかったのだろう。姿勢を正して、いつもの調子で答える。

「苦手だったか？」

「いえ。ただ、ここにきたとき道らしい道を見た覚えがなかったので、馬車があるとも使えるとも思っていませんでした」

ルルカが城館を召喚した丘陵は本当にだだっ広い草原で、舗装された道は見当たらなかった。外を見ればようやく、何もない草原から木々の生える森に入ろうとしている。

「ですからまたお父様に担がれるか、走れと言われるかと」

「ああ、それでもいいかと思ったんだが、スレヴィに反対された」

スレヴィにあとでお礼を言っておこう。そう思っていたら、シルヴィアの体が、がたんと大きくゆれた。何か小石にでも引っかかったのかと眉をひそめている間に、今度はばきばきと、尋常ではない音が響く。まるで、木をなぎ倒しているような音だ。そうこうしているうちに、体がはねるほど馬車が上下し出す。

嫌な予感がした。

「……道が荒れているようですが……このまま進むんですか？」

「心配しなくていい。魔界からお越し頂いたお馬さんだからな。道など自ら切り開く」

そこには思い至らなかった。

化け物のような嘶きをあげた馬が、木々をなぎ倒し、岩を乗り越える。恐ろしい速度で道なき道を突き進む馬車の中でがたがたゆれながら、どういう体幹なのかルルカが優雅に足を組み直す。

「三半規管と体幹を鍛えるいい機会だ」

まさか、初恋を粉砕した仕返しか。だが問いただすにも、口を開けば舌を噛みそうだ。

（ぜったいに逃げ出そう）

必死で馬車にしがみつきながら、シルヴィアはすまし顔のルルカをにらむしかなかった。


幸いだったのは、小一時間もかからず舗装された道に出たことだろう。そこから街に辿り着くまで大した時間もかからなかった。

魔界からお越し頂いたお馬さんは街をぐるりと囲む壁の前で止まり、シルヴィアたちを降ろして勝手に走っていった。

「勝手に走らせて大丈夫ですか？」

「俺が呼ばない限り、時間がたてば魔界に戻る。行くぞ」

早速歩き出すルルカの背中に、シルヴィアは急いで続く。

既にスレヴィからこの周辺——ニカノル地方については教えられている。大きな山の鉱石と豊かな森林から採れる木材の輸出と建築業で栄えている土地だ。今回、ルルカとシルヴィアがやってきたのはその中心街。外壁で囲まれたにぎやかな街だ。人の出入りが多いため、門では検問がしかれていた。

「そこのふたり、通行証は」

「ああ」

門番に呼び止められたルルカが目を向けた瞬間、門番が「どうぞお通りください」と焦点の合わない瞳で言った。

何をしたのか、深く考えないほうがいいだろう。

外套(がいとう)のフードを深くかぶり、堂々と歩くルルカのうしろからこっそり、シルヴィアは街の門をくぐった。

外壁がある時点でわかっていたが、大きな街だった。曲がりくねった大通りは馬車が通る道と両脇の歩道で整備されている。細い路地がいくつかそこから延びているが、その道もきちんと石畳(いしだたみ)の舗装がされたものだ。

建物は総じて高い。細い道の上では、窓から向かいの建物の窓に吊された縄に洗濯物(せんたくもの)が干されている。斜めにあがった道の先には、大きな屋敷の尖塔(せんとう)が見えた。ところどころ階段や坂道があるあたり、斜面にできた街なのだろう。元は鉱山だった場所を切り開いたのかもしれない。

行き交う人々も多い。商売にいそしむ男性や談笑している女性たち。その間を子どもたちが我先にと駆け抜けていく。

どこかしらに目を奪われがちなシルヴィアは、突き飛ばされてよろけた。

そこへ、ルルカが手を差し出す。

「はぐれるな」

無表情で言われると、恥ずかしがるほうが間違っている気がして、手をつないだ。

「私は何をすれば？」

黙ると気まずいので問いかけると、ルルカは前を向いたまま言った。

「妖魔の気配はわかるか？　魔界からお越し頂いた熊さんと同じような気配だ」

「今のところ、近くには何も感じません。お父様は？」

「感じないな。魔力が低すぎて感知できないか、気配を殺すのがうまいか、人間に取り憑いてうまく隠れているのか……既にここにいない可能性もある。聖眼で何かわかったりしないか？」

「……それなんですが」

はっと顔をあげた。ちょうど説明するのにいい機会だ。

皇帝選が始まるまであと数日。新しい聖女さがしのきっかけ作りには、最適だろう。

「私の聖眼は、せいぜい数秒先までしか視えません」

緊張でつい手を強くにぎったせいか、ルルカがシルヴィアを見返した。

大切な話だと思ったのだろう。人の波を抜け、ルルカはシルヴィアの手を引いて公園に向かった。

公園の真ん中にある広場では、子どもたちが走り回って遊んでいる。それを遠目に見る木陰のベンチに座るよう、目でうながされた。

「数秒先しか、というのは？」

お行儀良く膝をそろえて座ったシルヴィアは、改めて説明する。

「言葉のとおりです。私の聖眼で視える未来は数秒先までが限度。聖眼は能力に個人差があるのはご存じですよね？　未来はひとつではないので」

聖眼は『未来を視る』という点で一致しているが、その能力は限定されていない。たとえば聖女ベルニアは『可能性』を視たそうだが、その時点で未来がひとつではないことを示している。そもそも未来がひとつと決まっているなら、『破滅の未来を回避する』こと自体が不可能だ。

「可能性の大小があるように、未来を視る能力は多岐にわたります。『自分がいる場所の未来が視える』聖眼の持ち主もいましたし、他にも『物の未来が視える』とか『人の死が視える』とか……対象も、どの程度先を見られるかも含めて、様々です」

ゆえに皇帝選の第一歩は、自分が授かった聖眼の能力の見極めから始まる。だから妖魔に追いかけ回されながら、シルヴィアも色々試行錯誤した。その結果だ。

「私は人も場所も無制限に対象にできます。ただ、視える時間は数秒先のみ。せいぜい数十秒先の、数秒間だけです。正直、聖眼の能力としては下の下です」

対象に限定なく未来が視えるといっても、数秒先ではどうにもできない。対策をとる時間もないからだ。

大事なのはここから先だ。思い切ってシルヴィアは自分から進言する。

「皇帝選では役に立ちません。どうですか。腹案として他の聖女もさがしてみては」

「……お前はすごいな」

目を丸くしたルルカが、シルヴィアを見て感心したように言った。

「は?」

「あの妖魔熊に追いかけ回されながら、自分の聖眼について分析する余裕があるとは」

「え」

「しかも数秒先しか見えない聖眼で妖魔熊から逃げ回ったのか。素晴らしい」

「……」

「さすが俺の姫。それでこそ妖魔皇の娘にふさわしい」

満足そうに目を細めたルルカは、顎に手を当てて思案した。

「もっと魔界から色々お越し頂くことにしよう。馬も加わってもいいかもしれない」

「ま、待ってください! 聖眼が使えないも同然なんです。これでは皇帝選を勝ち抜くことはできません」

「そもそも聖眼など俺はあてにしていない。拳がくるとわかっていても、よけられなければ意味がない。そうだな……たとえば、お前の聖眼が目に入った人物の丸一日を追えるものだったとしよう。そして、俺から逃げ出したとしよう」

ぎくりとしたシルヴィアに、ルルカは穏やかに続ける。

「お前は俺がどの道を通るか、何をするのか、一日分の行動を読める。俺の隙をついて逃げ出すことは可能かもしれない。だが、俺に追いかけられて逃げ切れると思うか?」

「いいえ……」

「そういうことだ」

「で、でも！　お父様にふりかかる危険も察知できません。火山が噴火するとか……」

「俺を心配してくれるのか。大丈夫だ、お父様は溶岩にも土石流にも負けない」

失敗を悟って、シルヴィアは口をつぐんだ。

聖眼が使えない程度では手放してもらえない。ルルカは皇帝選を勝ち抜くことに重点を置いていないから望みは薄かったが——思った以上に気に入られていないか、自分。

（ほ、他の優秀な聖女を見れば、気が変わるかも……）

希望は捨てないでおこう。でなければ妖魔熊と妖魔馬に追い回されて、どんどん平凡から遠ざかってしまう気がする。

「なら、いいです。……いらないと言われるかと、思っただけで」

逃亡計画を勘付かれないよう、そう言っておく。ルルカは心外そうな顔をした。

「そんなこと言うはずがないだろう。俺もスレヴィもお前を育てるのを楽しんでいる。どこまでいけるかと」

普通でお願いしたいと言っても無駄そうだ。シルヴィアはベンチから立ちあがった。

こうなったらやけくそだ。広場に向かって足を踏み出す。

「では、妖魔の捜索を再開しましょう。まず目撃情報を集めて——」

「あぶない！」

突然の大声にシルヴィアもルルカもまばたいた。

声のしたほうをぐるりと見回すと、小柄な女の子がこちらを見ていた。シルヴィアと目が合った瞬間あとずさったようだが、もう一度一歩踏み出して、広場を挟んだ向かい側からこちらに向けて叫ぶ。

「そ、そこからっ離れてください！　危ない……っ妖魔が、きます！」

つい、シルヴィアはルルカを見る。確かに妖魔はここにいる。

「正体がばれてませんか」

「それだと警告は、妖魔がいます、になるのでは？」

それもそうだ。少し考えたシルヴィアは聖眼を使う。場所はここ、視たい未来はできるだけ先。それでも数秒後が精一杯の未来。

それを視た瞬間、声をかけた女の子に向かって、まっすぐ駆け出す。溶岩にも土石流にも負けないお父様は放置して、声を張り上げた。

「──広場から離れてください、彼女は聖女です！」

危険を警告した少女の緑の目には聖痕がある。注目は当然、少女に向かった。

だが、別に信じてもらわなくてかまわない。すべてを救うことなどシルヴィアにはできないのだ。現に、妖魔ひとりからも逃げられない。

でも、理由もなく見捨てていいとは思わない。

「この公園は危険です！　──下からです、お父様！」

シルヴィアをずっと目で追っていたルルカが、視線をさげた瞬間だった。

ぼこっと地面が音を立ててへこんだ。そのまま襲いくる黒い触手――瘴気の塊を、ルルカが飛びあがってよける。

半信半疑でまばらにその場を立ち去ろうとしていた人々から、一斉に悲鳴があがる。広場が見えるぎりぎりの位置で距離をとったシルヴィアは、もう一度聖眼を使った。わかるのは数十秒先だけだ。でもほんの数秒が先を分けるものだってある。

妖魔をあっさり沈めてしまったルルカと、そして――。

「逃げます」

「ふぁっ⁉」

青ざめていた女の子が、変な声をあげた。信用させるために、シルヴィアは外套を落として、聖痕を隠す魔力の膜を剝がす。あ、と女の子が小さく声をあげた。

「あ、あなたも、聖女……」

「あなたの皇帝候補は、中年の男ですか？」

「ど、どうして、それ」

少女は途中で口をつぐんだ。シルヴィアが視たのだと気づいたのだろう。ひょっとしたら今もなお、シルヴィアが視つづけていることにも。

そして思い切ったように、首を横に振る。

「ち、違うの。そのひとは、この街の領主。皇帝候補じゃない」

「なら、あなたの皇帝候補はどこに？」

「よ、妖魔に取り憑かれて……！」

見返したシルヴィアの両腕を少女がつかむ。

前髪に隠れて片方の目が見えないが、綺麗な緑色の目は必死だった。その中には、はっきり十字架の聖痕が見える。隠しもしない——いや、少し前のシルヴィアと同じで、隠す術を知らないのかもしれない。

「お願い、助けて！　ろ、ロゼひとりじゃ、なんにもできない……！」

なんだかややこしそうだ。泣き出しそうな少女の手を取り、引っ張った。

「こっちに。あなた、追われてますよね」

「で、でも、今戦ってるの、あなたのお父さんじゃ」

「平気です。負けるわけがないので」

木の根のように地面から襲来する触手をルルカが引き抜き、折り曲げた。音を立てて黒い靄をあげながら魔力の触手が消えていく。それを背に、シルヴィアは駆け出した。迷ったようだが、少女もついてくる。ここにいては自分が危険だとわかっているのだろう。

「あなたの名前は、ロゼで間違いないですか？」

「う、うん。あ、あなたは？」

「シルヴィアです。自己紹介はあと、急いで」

妖魔らしきものを片づけたルルカに、駆けつける影がある。シルヴィアが視たとおりの光景だ。ルルカに話しかけているあの男は、このロゼを見つけるなり殴(なぐ)り飛ばして連れていこうとする。

だがもう、路地裏の角を回ったシルヴィアたちを見つけることはできない。

大丈夫だと思うと言い出したのは、ロゼが先だった。街の端、古い井戸のそばでシルヴィアは足を止める。息を切らしたロゼが、付け足した。

「ここは危ない感じ、しない、から」

「ならいいですが」

シルヴィアは井戸の縁に座る。ロゼも肩で息をしながら、その横に座った。

「す、すごい、ね。い、息、全然、切れてない……」

「……鍛えてますので……」

やはりこの体力はおかしいのだろうか。でも、ロゼは小柄で、いかにも体力がなさそうだ。判断がつかない。

「そ、そっかあ。ロ、ロゼも鍛えたら、強く、なれるかなあ……」

力なく笑ったロゼが、小さな唇を噛(か)んでうつむく。改めて見ると、着ているものも穿(は)いているものも上等だ。だがおどおどした態度と衣装の上質さがちぐはぐだった。

シルヴィアは背負っていた鞄(かばん)から、水筒を取り出す。ひとくち飲んでから、ロゼにも差し出した。

「あ、あり、がとう……」

「事情を話してもらっても？」

「う、うん。ロゼは、ここから少し離れた山間の村に生まれて、育ったんだけど……せ、聖誕の夜に聖痕が、出たの。目の中に……」

「家族に聖爵家の関係者がいたんですか」

　ぶるぶるとロゼが首を横に振る。

「わ、わからない。ひいおばあさんが貴族で、駆け落ちしたとかは、聞いたけど……」

　では、そのひいおばあさんとやらが、聖女の血を引いていたのかもしれない。どの貴族も聖女を確保しようと躍起になっているそばで、平民出身の聖女が現れることは、そう珍しいことではない。

「まさか聖女の家系なんて、誰も思ってなかったから……ましてロゼに……」

「私と同じです。聖痕が出るとは思ってませんでした」

　ロゼは驚いたように顔をあげ、それからはにかむようにうつむいた。

「び、びっくりはしたけど……誓約しないと聖眼は使えないから、大丈夫かなって」

「なら、誰かがあなたを聖女にしようとしたんですね」

「……」

　ぎゅっと唇を引き結んだその表情で先は知れたが、ロゼはそのまま語り出した。

「親戚の連絡で、先月、ニカノルの領主様が村にきたの。聖痕を確認しに。ロゼは聖女になって、ひとの役に立つべきだって……ロゼは断ろうと思ったんだけど、みんなが断るなんてもったいない、行けって、応援してくれて。領主様も、村に援助してくれるって」

「あなた、故郷に売られたんですね」

なんとか明るい表情を作ろうとしていたロゼが、頬をこわばらせた。それでもかつての家族を悪く言いたくない気持ちが勝るのか、首を横に振る。

「ロゼが一生かけたって、稼げないお金だったから……ロゼが聖女になるって頷くだけでいいんだから、だから」

「全員、ろくでもないです」

小さくつぶやいたシルヴィアに、ロゼが目を丸くする。

いけない、ルルカに振り回されているせいで感情が表に出やすくなっている。シルヴィアは咳払いした。

「すみません。それで？　あなたは聖女になるべくこの街に連れてこられた……なら皇帝候補はその領主様になるはずでは」

「りょ、領主様は、皇帝選に出ないんだって。危険だから。ただ、えらいひと——ベルニア聖爵家のお手伝いで、聖女を集めてるんだって言ってた」

生家の名前に、シルヴィアは眉をひそめる。うつむいたままのロゼは気づかない。

「だから、ロゼはその場で引き合わせられた男の子と、誓約して……そういうふうに、いっぱい聖女と皇帝候補を集めて、ベルニア聖爵家に貢献するんだって」

「……派閥作りですね。ただ、やり方が下品すぎます」

皇帝選は聖眼を通じて行われる。課題の内容も、配点すら聖眼を通じて連絡がくるという話だ。まさしく神の手による選定であり、そこには身分差も財力も関係ない。

だが、それは建前だ。

いくら聖眼があろうが、なんの財力も伝手も知恵もない平民の聖女や皇帝候補ができることなど、限られている。たとえば、課題の最適解が川の氾濫を食い止めることだった場合、防波堤を作るにせよ避難先を用意するにせよ、貴族の後ろ盾を持っているほうが有利だ。そういう意味で、財力や権威は露骨に影響してくる。

そして課題を解決した場合の配点は、誰の行動がどれだけ課題解決に役立ったかという貢献度で決まる。一組だけで解決しなくていい。協力が可能なのだ。

ゆえに派閥作りは重要だ。その派閥は、皇帝選を決したあとの宮廷の構図にもなる。

そして最近の新聞によると、今回の皇帝選で最有力とされる最大派閥は、天才聖女プリメラとその皇帝候補ジャスワントの、ベルニア陣営である。

「無理強いなんて、よくやりますね。聖女を無理矢理従わせるのは危険です。聖眼を使って出し抜かれることも、皇帝候補と一緒に裏切る可能性だってあるのに」

「ロゼの皇帝候補……アークは、病気なの。長くないって。他の子も、大体そう……」

始末しやすく、刃向かわない皇帝候補というわけだ。皇帝選後は宮廷で席を埋めることもなく、使い捨てるのだろう。そして領主は自分を危険にさらさず、ベルニア聖爵家に恩を売る。

ぎゅっとロゼが小さな手を握りしめた。

「でもアークは、勇気があるの。さ、最近、妖魔が出るから……きっと皇帝選の課題になるから、領主様に情報を集めに妖魔が出る森に行けって言われて……ロゼは怖くて嫌だったんだけど、アークは逃げるチャンスだって……」

「否定はしませんが、危険です」

「でも、妖魔が出ればきっとみんな混乱するからって……」

どこかに閉じこめられて飼い殺されるより、可能性に賭けたのか。

そういうのは嫌いではない。だが、ロゼの手の震えはひどくなっていく。

「妖魔が、出て。そしたらアークが、瘴気に包まれて、目とか光って。か、髪の毛も真っ白になっちゃって。心臓が弱くて、あんまり走れないはずなのに、すごい動きでみんなに襲いかかってきて。ロゼがやめてって言っても全然、だめで」

説明するために気を張っているとわかる声が、震えた。

「でも、ロゼには、早く、逃げろって、止まってくれて……っ！」

それでロゼは無事に戻れたのか。静かにシルヴィアは問いかける。

「それで、アークさんは？」

「わ、かんな……街に戻るだけで、精一杯、で。領主様に、助けてくださいってお願いしたんだけど……き、きっとアークは皇帝選の課題になるからって。ロ、ロゼを囮にアークを倒すって、聞いて……ロゼはまた逃げて、その途中であなたたちを見て……」

さっきの広場の騒ぎにつながる、という流れか。

「ロ、ロゼ、いつも逃げるしかできなくて、聖女なのに。アークはロゼなんかが、聖女だったせいで」

緑のつぶらな瞳に大粒の涙が浮かぶ。

「せ、聖眼なんて、ほしくなかったのに……っ!」

黙って聞いていたシルヴィアは、涙をこぼすロゼの頬から目をそらして言った。

「そんなことを今更嘆いても、しかたないです。あなたも、私も」

それは自分に言い聞かせる言葉でもあった。

「あなたは何が視えますか」

「え……えっと。た、たぶん、あぶない、こと。人が死んじゃう事件とか事故とか……怖くて、あまり視ないようにしてるんだけど……」

普通、聖女は聖眼の能力を隠す。皇帝選で不利に働くことが多いからだ。それをあっさり教えてくれるあたり、ロゼは本当にただの少女だったのだろう。

だが、そんなことを言っていても始まらない。シルヴィアが生まれを嘆いたところで、どうにもならなかったように。

「なら、その能力を使ってできることを考えましょう」

「……って、でも、どうすれば、いいか……ア、アークのことだって、怖くて……み、視たくない……！」

思い出したのか目を閉じてロゼが小さく震えている。じっとその横顔をシルヴィアは見つめた。

「でもあなたは、私たちに危険を教えてくれました」

あの妖魔がルルカにやられるのは確実でも、あのときロゼが声をかけなかったら、あの場にいた人々が逃げ遅れて、被害が出ていた。

何より、ロゼは領主から逃げている最中だった。下手に騒げば見つかる。にもかかわらず、危険を察知して叫んだ。それは、立派な勇気だ。

「あなたはちゃんと、ひとを助けられる聖女です」

ロゼが、息を呑んだ。

「諦めるには早いです。要は、アークさんを保護すればいいんですよね」

「……そ、そうだけど……きょ、協力して、くれるの……？」

「はい」

頷いたシルヴィアに、ロゼがまばたいている。

「もちろんただで、とは言いません。もしうまくアークを助けることができたら、あなたにお願いがあります」

「お願い……？　で、でもロゼは、たいしたことできない……」

「大丈夫です。あなたが聖女であるだけで」

ロゼは目をぱちぱちさせながら頷く。ありがとう、と礼を言いながらシルヴィアは内心で拳を握った。

（この子がうまくお父様の目にとまれば、私はお役御免！）

妖魔に取り憑かれたアークのことも、ルルカならなんとかできるはずだ。

「まずアークさんの身柄の確保を考えましょう」

「でも、アーク、とっても強くなってて……」

「アークさんの状態や居場所を調べて、罠をしかけます。危険を察知できるあなたと、私のふたりでならできます」

はっとロゼが目を見開く。おかしなことを言ったかと、シルヴィアは眉をひそめた。

「何か？」

「う、ううん……ううん、あり、ありがとう……！」

「私は私の事情であなたを助けるだけです。別に――」

「あ、あの……シルヴィアさんは、何歳？」

なぜいきなりそんな話になるのだ。だが無視することもできず、シルヴィアは井戸の縁から立ちあがり、答える。

「十三歳です」

「な、なら……おねえさま」

歩き出そうとしていたシルヴィアはつい足を止めた。

「は？」

「ロゼ、十二歳、なの。だから、シルヴィアおねえさま……だめ？」

上目遣いのロゼに問われて、シルヴィアは困惑した。だが、緑色のつぶらな瞳がうるうるしている。その態度は、小動物を思い出させた。

下手に断って泣かれても困る。ぎこちなく頷いた。

「好きにしてください」

「あ、ありがとう。シルヴィアおねえさま……！」

なんだか嫌な予感がするのはきっと気のせいだ。そう言い聞かせたとき、ふっと左眼に痛みが走った。ロゼも同じものを感じたのか、左眼を片手で覆う。

（聖眼が勝手に起動した⁉）

脳裏に送られてきたのは、情報だ。まるで写真を焼き付けるように、目の裏に焼き付いたものを見せられる。

「お、おねえさま。今の……」

「……課題です。あなたにも視えました？」

シルヴィアの問いにロゼが頷き返す。そして泣き出しそうな顔で続けた。

「い、急がないとアークが……」

「はい。本来ならまだ始まらないはずの、緊急課題。きっと配点も高い」

すなわち、アークは今すぐに助けなければ、数多の聖女や皇帝候補の課題として狙われることになる。

「いきましょう。間に合わなくなります」

シルヴィアの言葉に、ロゼが唇を引き結んで頷いた。


広場でルルカを襲ったのは、下級妖魔だった。勇気ある行動というよりは無謀だ。まさか先手必勝で勝てると思ったのか。

(この間の妖魔といい、最近なめられている気がするな)

だが下級妖魔は、人間でいえば子ども同然だ。どう見ても人間の妖魔皇なら倒せると思ったのだろう。いちいち目くじらを立てることでもない。大人が子どもをあしらうのと同じだ。

だが、人間の娘がルルカには敵わないと冷静に判断し、それでもどうにか出し抜こうと頑張っているのに、情けない。その娘は、見知らぬ少女と姿をくらましたが、さてどうしたものか。

「いやはや、妖魔を一瞬で片づけるとは見事な腕っ節で」

揉み手をせんばかりにすりよってくる恰幅のよい人間は、この街――ニカノルの領主マイルである。妖魔を退治したお礼にと、ルルカを領主の館に招待してくれた。礼などどうでもいいが、妖魔がよく出て困っていたと言われたら、話を聞いておかねばならない。

「たまたまだ」

「謙遜なさらず。おかげで被害が最小限ですみました。さあ、どうぞどうぞ」

まだ窓から日の光が差しこんでくる時間だが、勧められるままにルルカは葡萄酒に口をつける。あやしげなものが入っている気配はなかった。ひとまず敵意はないようだ。

大きめの丸テーブルには、マイルとルルカのふたりではとても食べきれない量の馳走が所狭しとばかりに並べられている。

「ルルカ様の聖女もご案内できたらよかったのですがね。どこに行かれたのか」

癖なのか、マイルが髭をなでている。ルルカは素っ気なく答えた。

「気にしなくていい。きちんと戻ってくる」

「しかし、妖魔と戦う皇帝候補をひとり置いて逃げるというのは、いただけませんなあ」

「まあ、そうだな。逃げ足ばかり早くても困る」

あの程度の妖魔、自分で倒せるようになってもらわねばならない。

さて今後の訓練はと算段するルルカをどう思ったのか、領主が表情を改めて、椅子の位置を動かして膝を詰めてきた。

「聖女にご不満があられる？」

ルルカが横目で見返すと、からになった杯に新しく酒を注がれた。

「お礼と言ってはなんですが、ご希望を叶えられるかもしれません。——聖女の交換にご興味は？」

ルルカは黙って杯を手に取り、酒を飲むことで話をうながす。

「あなたはどこかの陣営に属していらっしゃいますか。たとえばデルフォイ聖爵家とか」

「いや」

「ならば話は早い。うちはベルニア聖爵家と懇意にさせて頂いております」

「派閥争いか」

この領主は、シルヴィアの生家に肩入れしているらしい。彼女の作った家だ——と思い出して、ちょっと咽せかけた。

（気持ち悪い……）

存外、娘の容赦のない見解が胸にぐっさり刺さっている。ルルカの様子には気づかなかったようで、領主は自慢げに髭をなでた。

「私はもう若くない。体を張って皇帝選に参戦するのは無理ですが、そのかわり各地の聖女を複数確保するお役目をたまわっております。聖女の数は増えましたし、聖眼の能力も多種多様です。どの聖眼が役立つかは課題によります」

「……とりあえず聖殿で誓約し、登録させて聖眼の能力を見極めるわけか」

「そうです。聖女と皇帝候補の誓約は、互いに課題に落第していない限り、相手を替えての再契約が可能ですからな」

「それで聖女の交換、か」

要はこの領主は、ベルニア陣営を強化する兵隊集めの係だ。陣営に聖女が多ければ多いほど聖眼で望む未来が描きやすくなる。皇帝候補は自分が目をかけている者か、いつでも排除できそうな適当な者を宛がって使えばいい。

「それだけの腕前をお持ちです。ジャスワント皇子の近衛、ゆくゆくは将軍も夢ではないでしょう」

「ひょっとして、俺を勧誘しているのか？」

「そうです。なんだかんだ皇帝選は結局、高貴な方々にのみ関係あるもの。ここ数百年、平民から皇帝が出たことがありません。出来レースですよ。特に、今回のベルニア聖爵家にはあの天才聖女プリメラがいる。なんでも『すべての未来を見通せる』聖眼を得たとかいう話ですよ。すべての可能性を視た聖女ベルニアの再来だと皆、大騒ぎです」

初恋のひとの名前に、いつもならそれなりに優しい気持ちになれる。だが今は娘の『気持ち悪い』というひとことのせいで、苦い気持ちになるばかりだ。つらい。

「もちろん、あなたも聖女を得て皇帝選に挑まれる以上、なんらかの理想や夢がおありでしょう。ですがそれは本当に皇帝でなくてはかなわぬことですか？」

うっかり苦悶しそうになった気持ちを切り替え、ルルカは切り出した。

「そうだな……妖魔皇の心臓というものを一回見てみたい」

「は？」

「見たことは？」

「あ、あるわけないでしょう！　そんな恐ろしいもの……！」

脅（おび）えるマイルの顔に、ルルカは目を細める。これは何も知らない反応だ。

（ベルニア聖爵家の関係者ならあるいは、と思ったが）

帝室の連絡には、『犯人はお前じゃないだろうな』という確認も含んでいた。本当はルルカに知らせたくなかったのだろう。それでも連絡をよこしたのは、内々に処理するにも限界があるからだ。

だからあちらが心臓を見つけても、また隠してしまう可能性が高い。発見の報告くらいはしてくるかもしれないが。

「……なぜ、そんなものを」

今までの調子を改めたマイルの口調に、ルルカは警戒されたことを察する。

（記憶をいじるか）

そのときだった。いささか乱暴に扉が叩かれ、使用人がマイルを呼ぶ。マイルはルルカを横目で見つつ、離席を詫びて部屋を出ていった。

すまし顔でそれを見送ったルルカは、雑音を拾いすぎないよう耳に神経を集中させる。

緊急の用事なのだろう。扉を出たところでマイルが報告を受けていたので、声を拾うのに苦労はなかった。

「――皇帝選の課題が通達された!?　確かなのか」

「はい、ベルニア聖爵家から伝書鳩（でんしょばと）が。緊急課題の、妖魔退治です。すぐさまこちらに聖女と皇帝候補を派遣するとのことでしたが、決して不備のないようにと。特に他の対立陣営に点を取られることのないようにとのお達しです」

「緊急課題は配点が高いからな。……ロゼの行方はわかったのか」

「見知らぬ少女と一緒にいるところを目撃されていますが、それだけです」

おやとルルカは視線を扉に向けた。ロゼというのは、ひょっとしてシルヴィアが連れて逃げ出した少女ではないのか。あの、妖魔の襲来を警告した。

(……領主の聖女斡旋事業に買われた少女、というところか)

なぜまたそんな少女を連れてシルヴィアは逃げているのだろうか。——ひょっとして、ルルカに新しい聖女を宛がうつもりか。

色々考えるものだ。面白い。つい口の端があがった。

「もしアークが妖魔に取り憑かれたことが我々の失点となった場合、他が解決してしまうとおそろしい差がつくのでは……」

「わかっている!」

マイルの苦悶の声が聞こえる。どうにも有効な手段がないようだ。だが、他の陣営が介入してくる前になんとしてでも妖魔を倒してしまうしかないだろう。

さて、シルヴィアはどうするつもりだろう。

(お手並み拝見といくか)

口直しにルルカは水を飲み、そのまま勝手に窓をあけ、外へと抜け出した。

 皇帝選

聖眼に送りこまれた課題の情報は簡潔だ。

『ニカノルの街に現れた妖魔を退治せよ』——それだけである。

もう少し詳細な場所や対象などの情報をよこしてほしいが、そこは聖眼の能力で解決することなのだろう。皇帝選なのだからしかたないと思うしかない。

それよりも懸念(けねん)すべきは、ベルニア聖爵家とデルフォイ聖爵家の派閥(はばつ)争いだ。

「ニカノルは伝統的にはベルニア聖爵家に属しています。でも地理的にはデルフォイ聖爵の領地が近い。しかも最初の課題。ベルニア聖爵家もデルフェ聖爵家も面子(めんつ)にかけて、すぐに動ける聖女と皇帝候補を送りこんできます。緊急課題は配点も高いですし」

「で、でも、聖女はみんな、味方……ですよね？」

アークはまだ森にいる可能性が高いからと、案内をしているロゼがおずおずといったふうに尋ねる。シルヴィアは嘆息(たんそく)した。

「どの妖魔を退治すればいいのか、課題で限定されてません。きっと聖女たちは、ニカノルで妖魔を見つけ次第、片っ端(かたっぱし)から退治していきます」

「そ、それってアークが見つかったら、すぐやっつけられちゃうってことですか」

頷(うなず)いたシルヴィアに、ロゼは唇を引き結んで、急ぎ足で森の案内を再開した。上でさわさわと樹木の葉がこすれている。木漏(こも)れ日(び)が差しこんでくるものの、森は深く薄暗い。道らしきものはかろうじて見えるが、人気(ひとけ)はまったくなかった。

だが、シルヴィアはひそかにほっとしていた。ルルカの屋敷とは違う方向だ。

(あの馬車がどこを通ったかは知らないけれど)

ニカノルに現れた妖魔。課題の対象になっている妖魔がはっきりしない今、できるだけルルカとの住まいを悟られるようなことはさけたい。一見人間のルルカやスレヴィは言い逃れできるかもしれないが、屋敷には魔界からお越しの妖魔熊さんや妖魔馬さんなど、どう考えても言い訳できない妖魔がよりどりみどりでそろっているのだ。

あそこが聖女や皇帝候補に見つかったらどうなるかなど、考えたくない。

(どうかうちの妖魔が課題にまったく関係ありませんように)

心底そう願いながら、道をふさぐ少々太い木の幹を乗り越えようとして気づいた。足跡が複数ある。少し離れた場所には、剣や槍が落ちていた。

「妖魔に襲われたのはこのあたりですか」

「そ、そうです」

「危険は視えますか」

「ないです。でも……アーク、どこにいっちゃったのかな……」

ぞわっと背筋に悪寒が走った。妖魔熊に見つかったときと同じ悪寒だ。

とっさにロゼを抱き寄せようとしたシルヴィアの手に、黒い靄の触手が巻きつく。そのままシルヴィアの体が引っ張られ、大きな木の幹に磔になってしまった。

一瞬の出来事に、ロゼが真っ青になって叫ぶ。

「おねえさま！　――どうして⁉」

ロゼの疑問は当然だ。曰く、彼女の聖眼は危険を予知する。なのにシルヴィアが襲われたとあれば、動揺もするだろう。

だが、土を裸足で踏んで現れた白髪の少年に、敵意も殺意もなかったとしたら、危険として察知されなくてもおかしくない。

「ロゼ」

振り返ったロゼが、震える声で少年の名前を呼ぶ。

「……アーク」

「誰？　そいつ……」

ゆらりと少年が顔をあげると、真っ白な前髪の隙間から異様な光を帯びた眼が現れた。

立ちのぼる黒い靄は、妖魔の魔力だ。

（……危険がないとは、とても思えない）

その両眼を向けられたシルヴィアは、冷や汗が流れる背筋を伸ばし、深呼吸する。そしておろおろしているロゼに顎をしゃくった。ひとまず安全だと信じて、まずアークを説得すべきだ。

　シルヴィアの指示をくみ取ったのか、ロゼが白髪の少年に向き直る。

「ア、アーク。だい、大丈夫……？」

「……なんで、戻ってきた……ロゼ……せっかく……逃がし……」

「ご、ごめんなさい。でもね、アーク。大変なの。妖魔を退治しろって、課題が出て。皇帝選が始まっちゃったの。このままだと、アークも退治されちゃう……！」

　ロゼがどこかあやうげに立っている少年との距離を一歩詰めた。少年は答えない。

「そんなのロゼは嫌だから、きたの。逃げよう？　このひとは、協力してくれるって」

「……協力……」

「そう！　とにかく、今はロゼと一緒に」

「妖魔が……協力して……やるって……」

　少年が一歩、ふらつく足取りで踏み出す。

「相性がいいんだって、俺。こいつと」

「あ、相性って……妖魔と？」

「そう。こいつも、強くなりたいんだって……俺と、同じ……」

　シルヴィアは注意深く少年を見る。体の線が細く、肌も白い、病弱そうな少年だ。力があるようには見えないが、全身から立ちのぼる魔力がどう作用するかわからない。

「だから、俺も、ロゼも、逃げられる、ように……協力してくれるって……」

「で、でも妖魔だよ、アーク。妖魔の言うことなんて」

「なら人間の言うことが信じられるのかよ！」

うつろだった少年の目に、感情が灯る。怒りだ。その強さに、ロゼがすくんでいる。

「みんな嘘つきばっかりじゃないか！　俺が皇帝候補になったら誇らしい？　厄介払いができるが本音だろ！　知らないと思ったのかよ、金を受け取ってたこと……！　でも、いちばん嫌なのは、嫌だって言えなかった俺だ！　だから、せめて助けるんだ、ロゼは」

足を引きずるようにしてアークが近づいてくる。

「ロゼだけでも。そのために、は……あの、くそったれな領主を……！」

どうするのかは、その目に映る色でわかった。明確な殺意だ。

「だ、だめだよアーク！　そんなことしたら、だめ！」

「うるさい！」

青ざめてすがりついたロゼを、少年が乱暴に振り払う。だがロゼは尻餅をついても、少年の足に追いすがった。

「だめだよ、そんなことしたらアークがっ……アークがみんなに殺されちゃう！」

ロゼが言うのは、未来だ。少年が一瞬息を呑んだが、首を横に振った。

「それでも、俺は――」

きらりと遠くで何か光ったと思ったときには、もう矢が降り注いでいた。青ざめたロゼを突き飛ばし、アークが咆哮する。何本か振動で落ちたが、降り注ぐ矢は止まらない。

ちょうどシルヴィアが磔にされている木の根元に転がったロゼが、顔をあげる。

「お、おねえさま。これ、まさかアークを狙って」

「私を解放しなさい！」

矢を腕で振り払っているアークに呼びかける。だがアークは、人間とは思えぬ跳躍力で木に飛び移ってしまった。逃げる気だ。

「アーク、待って！」

叫んだロゼを一瞥したが、アークは木から木へ飛び移って遠ざかっていく。ひやりとすることはあったが、結局ロゼにもシルヴィアにも危険は及ばなかったことになる。ロゼの聖眼の力は正しい——と思ったときだった。

どすっとシルヴィアの頭の上に矢が刺さる。無言でそれを見あげた。

「……」

ロゼもぽかんとしている。だが次の瞬間には、矢が降り注いできた。

「ついでの候補者潰し……!?」

「そ、そんな。ロゼには、何も視えてな——」

ロゼの言葉が、また咆哮にかき消された。今度は聞き覚えのある咆哮だ。同時に、シルヴィアの頭上あたりで木がまっぷたつに折れて、倒れる。ぶちぶちぶちぃっと音がして、シルヴィアを縛り付けていた黒い触手がちぎれ、消えた。

「……」

ロゼは、蒼白な顔で口をぱくぱくさせている。

背後から、巨体の影がかかった。荒い息とうなり声が聞こえる。

どうか予想が当たらないでくれと思いながら、シルヴィアはゆっくり振り向いた。目があった瞬間に、再度咆哮があがる。

魔界からお越しの妖魔熊さんだ。

「グオアアァァァァァァ‼」

叫んだ妖魔熊がシルヴィアを抱えた。流れるような動作に気が遠くなったが、視界の隅に本当に気絶したロゼが見えて、我に返る。

「あの、あの子も一緒に連れて」

「グオアァァァァァァ！」

大きく口をあけた妖魔熊が口から魔力を吐き出し、降り注ぐ矢をなぎ払った。その目は遠くを見据えている。どうやらシルヴィアを抱えたまま、攻撃してくる相手を排除するつもりらしい。

「い、今はあっちと戦ってる場合ではな……っ！」

「グオオオォォォォ！」

「め、命令です！　妖魔皇の娘の！」

やけくそで叫ぶと、ぴたりと妖魔熊が止まった。シルヴィアを抱えているのとは反対の腕でロゼを抱え、尋ねるようにじいっと見つめられる。

「さっきの妖魔に取り憑かれた少年を追います、急いで」

飛んできた矢に背を向けて、妖魔熊が駆け出した。ほっとしたシルヴィアは、目を回しているロゼを見る。ふたりとも、少々汚れてしまったが怪我はない。

(妖魔熊に助けられるからロゼは危険を察知しなかった。それにしても……)

ものすごい速度で周囲の景色が流れていく。走る妖魔熊に運ばれることにすっかり慣れてしまったことに、シルヴィアはがっくりと肩を落とした。

日が傾く時間には、まだ少しある。夜は、妖魔の力が強くなる時間だ。

尖塔のてっぺんにまっすぐ立ったルルカは、街門をくぐり抜けてきた豪奢な馬車に目を細める。

馬車の家紋で持ち主はわかる。デルフォイ聖爵家だ。馬車の中から出てきたのは、薄いヴェールをかぶって顔を隠した、巫女姿の女性がひとり。続いて、騎士のように従う体格のいい男性がひとり。デルフォイ陣営の聖女と皇帝候補だろう。

(もう送りこんでくるとは。動きが早い)

そのままどこかの宿にでも向かうのかと思いきや、聖女と騎士の皇帝候補は二手に分かれる。聖女のほうは何やらてきぱきと指示を出し始め、騎士のほうは馬車とは違う新しい馬にまたがり、騎士団らしき兵たちと一緒に街門へと逆戻りした。そのまま、森に向けて馬を走らせていく。

聖女は街を守り、騎士は森で妖魔に取り憑かれたという少年を仕留める作戦だろう。高得点を得るための、お手本のような行動だ。

成績と順位は聖眼を通じて聖女にのみ知らされる。配点の内訳はわからない。だが、緊急課題は配点が高いだとか、難易度の低い課題は配点も低いだとか、傾向らしきものはわかっている。

とにかく被害を出さず、妖魔を倒す。あるいは瘴気の原因を排除する。これが高得点の条件だ。ただし、解決にあたる聖女の頭数で点数は按分されていく。課題が解決できなかった場合も配点はあるので、中間点もあることがわかっている。

どれだけの人数を投入し、どこまで協力し合い、どの程度労力をさいて点数を獲得するか。各陣営の考え方がわかれるところだ。

「さて、俺の姫はどこへいったのだか。妖魔態にさがさせているが……」

ざっと街を眺め終えて、ルルカは息を吐き出す。

妖魔は器がなければ、地上では瘴気と変わらない。だが動物なり人間なり、何かに取り憑くと力を増す。今こちらに気配も殺さず向かっている人間に取り憑いているのは、中級妖魔あたりだろう。まだ取り憑いたばかりなのか、魔力もだだ漏れ、生来の力とはほど遠そうだ。

それでも人間にとって、緊急課題になる程度には脅威だ。その気になればこんな街を半壊させる程度の力はある。

しかし、妖魔に取り憑かれた少年は人間だ。もちろん、殺せば犠牲者なので減点。そして犠牲を出さずに解決するのはほぼ不可能である。

だがなんの犠牲も出さず解決できれば、その聖女は一気に成績上位者に躍り出る。

もし、シルヴィアがそうなれば——絶対に嫌がるだろう。

（素晴らしいな）

娘を自慢できるうえ、可愛い娘の嫌がる顔が見られる。一石二鳥だ。

シルヴィアは感情を押し殺しがちだ。あまり単純に喜ばず、常に警戒している。そんなシルヴィアが打てば響くように反応するのが、怒ったときである。だからルルカはシルヴィアを怒らせるのが楽しい。

決めた。絶対に街に被害は出させない。そして最強の聖女にしてやろう。それこそ彼女を馬鹿にしていたベルニア聖爵家が平伏すくらいに。

断じて、決して、気持ち悪いと言われた仕返しではない。

「父は娘が可愛いものだからな」

ひとりごちると、少し離れた森の出口あたりで煙があがった。

振動のせいだろう。ロゼはわりあいすぐに目をさまして、それから叫んだ。

「な、な、なんで、くっ熊っ⁉」

「この熊は味方です。…………たぶん」

「熊が⁉　なんでですか⁉　こ、これ、ほんとにただの熊ですか⁉」

「聖眼で視てください、あなたにも私にも危険はないはず」

　ロゼは頬を引きつらせたが黙った。一応、納得してくれたようだ。

「今、アークを追いかけてます」

　さっさと話をそらそうとしたシルヴィアの思惑どおり、ロゼは表情を変えた。

「本当に領主を殺すつもりなら、街に向かう前に止めないといけません。緊急課題は提示されたばかりだけれど、ここは聖都にも近い。もう近場の聖女と皇帝候補が集まってくるかもしれません」

「は、はい。このままだとアークは……い、いっぱい、爆発とか、巻きこまれて、最後は剣に刺されてっ……ど、どう、どうすれば……っ」

　それがこのままだと訪れるアークの死か。

「なんとかします」

　シルヴィアのつぶやきに、目を閉じて震えていたロゼが顔をあげた。

「ど、どうやって、ですか」

「説明はあとです、いきます！」

　アークが見えた。少し遠い場所に見える点のような影だ。シルヴィアにつられて前を見たロゼが、はっと青ざめた。

「アーク……っだめ、森の出口には、爆弾がしかけられてる！」

舌打ちしたシルヴィアは叫んだ。

「私を投げ飛ばしてください！」

「グオォォォォ！」

吼えた妖魔熊が、シルヴィアをぶん投げた。なんの躊躇もない投擲だ。だが風圧の中でも魔力を全身に巡らせれば、問題なく動けることをシルヴィアはもう知っている。

（ロゼは私の危険を予見してない。この行動で問題ない！）

妖魔熊の腕力で加速したシルヴィアの体は、あっという間にアークの上を取る。アークの驚いたような顔が見えた。

太い木の枝をつかんで一回転し、遠心力をつけてアークの背中に蹴りを叩きこむ。地面に激突しても勢いは殺せず、土をえぐって木にぶつかったところで、ようやく止まった。

「お、前、なに……ッ！」

起き上がろうとしたので、背中を踏んづけた。もちろん、今まで鍛えた魔力込みの脚力でだ。アークが信じられないものでも見るような顔をしている。

「妖魔を出してください」

シルヴィアの静かな命令に、アークはまばたいた。アークはともかく、妖魔はやりすごす気らしい。シルヴィアは渋面になり、言い直す。

「命令です、出てきなさい」

アークの目が見開かれ、一回転したように見えた。がくりと倒れたアークの体から、黒い靄が立ちのぼる。輪郭はぼんやりしているが、ちょうどシルヴィアの目線と同じ高さで、赤いアーモンド型の目がぱっちり開いた。

「……妖魔皇ノ娘……！」

出だしにそう言われて、シルヴィアは内心嘆息した。もう妖魔の間では噂が広まっているようだ。

(まさか言いふらしてたり……)

あの父親ならやりかねないと思いつつ、話を進める。

「状況の説明をしてください」

「フヒヒ、俺ガ、小娘ニ？　ヒヒヒヒ、ヒヤッハハハフグゥッ！」

「何かおかしいですか？」

素手で黒い靄をつかんだ。この程度の、瘴気はシルヴィアにとってご馳走だ。黒い靄が身をよじるようにぐねぐねした。

「ギャ――吸ッ吸ウナ！　消エル、消エルゥゥゥ！」

「質問に答えるならやめてあげます。今、あなたとアークはどういう状況ですか」

「コ、コノ小僧ノ体ハ俺ノモノダ！　元々、弱ッテタ。俺ガ消エレバ死ヌゾ！」

目を細めたシルヴィアは、アークから一歩引いて見おろす。

「そ、んな……アーク！」

追いついてきたロゼにも妖魔の説明が聞こえたらしい。真っ青になって、ぐたりと地面にうつ伏せているアークにすがりつく。

その光景が楽しいのか。妖魔がカカカと甲高く笑い始めた。

「ザマアミロ！　フハハハハハハ――締マッ、待テ締マッテル！」

今度は黒い靄をぎりぎり魔力で締め上げて、シルヴィアは低く言う。

「では好都合です。そのまま憑いててください」

「エッ⁉」

妖魔が仰天する。ロゼも愕然としてシルヴィアを見あげた。腰に手を当てて、シルヴィアは目を細めて笑う。

「そのかわり、私の言うことを聞いてもらいます」

「冗談ジャナ――イタイタ痛イィッ、何、ナンナンダヨオ前ェッ人間ノクセニ！」

「人間の私にこの体たらく。あなた最底辺の下級妖魔ですか」

「ナンダトオ！」

子どもっぽい性格なのか、身をよじりながら妖魔がシルヴィアの鼻先まで伸びてくる。

「俺ハッ中級妖魔！　イズレ上級妖魔ニダッテナレル才能ノ持チ主！」

「見栄を張ると寿命を縮めるかと」

「フギャ――――――！」

思いっきり魔力を流しこんでやると、妖魔が悲鳴をあげた。そのあとは、電撃でしびれたかのようにへなへなとアークの肩あたりに落ちていく。

シルヴィアはさめた目でそれを見おろした。

「やっぱり下級妖魔でしょう」

「……ッソンナ……ハズッ……オ、オ前、オカシイ……」

「失礼ですね。いいですか、私はあなたを消滅させられます。そのうえで聞きなさい」

本当は初めて意図的に攻撃に使った魔力の衝撃か、指先が震えている。だがそれを隠して、シルヴィアは平然と提案した。

「あなたたち、共存しなさい」

「ハ？」

「――ま、待って、おねえさま！　それじゃ、アークが」

「この妖魔の言っていることは、嘘じゃないと思います」

実際、妖魔が抜け出たアークは魂が抜けたように、土気色の顔をしている。呼吸だってしているかどうか判然としない。死んでいる、と言われたら信じてしまうだろう。

「でもこの妖魔が憑いていたら、生きていける。それが大事では？」

「で、でも――領主様を殺す、だなんて。あんなの、アークじゃない！」

「そうでしょうか。あなたを守るためになら、アークは選択しそうです。どうせ自分はもう妖魔、死んだも同然だから」

ロゼは瞠目して、黙ってしまった。シルヴィアはそれ以上かまわず、へなへなの布みたいになっている妖魔をつまみあげる。

「あなたはこの少年の中に潜んで、極力表に出ない。そうやって妖魔に憑かれていることを隠す。普通の人間に戻ったように振る舞ってください。ふたりで協力して」

「ナ、ナンデ俺ガ！」

「なら消滅しますか？」

「ヒッ！」

脅える妖魔に、シルヴィアは嘆息する。

「あなたにも悪い話ではないはずです。あなたは今、皇帝選の緊急課題の討伐対象になっています」

「コ、皇帝選⁉　始マッタノカ⁉」

すくみあがった妖魔も、皇帝選をちゃんと知っているらしい。

「あなたはこのままだと大勢の聖女やら皇帝候補に袋叩きにされますよ」

「ソ、ソンナ……俺ハ、タダ、チョット妖魔皇ノ心臓、ツマミ食イシタイナッテ……」

「お父様に伝えておきます」

「マ、待テ待テ待テ待ッテクレェ！」

焦った妖魔が、ロゼに向き直った。

「……オ前、ロゼカ」

「は、はい。なんで、名前……」

「コノ小僧ヲ助ケタラ、俺モ助ケルンダナ⁉」

「約束します。皇帝選の課題は、未解決で終わることもありますから」

結果、シルヴィアの順位が悪くなろうが、問題ない。むしろ有り難いくらいだ。

ロゼは惑うようにシルヴィアと妖魔を見ていたが、意を決したように頷いた。

「ロ、ロゼもそれで、いいです。アークが生きられるなら……！」

「絶対ダゾ！　破ッタラ呪ウカラナ！」

最後まで子どもっぽいことを言って、ひゅっと黒い靄がアークの体の中に引っこむ。アークが身じろぎした。

「う……ん……」

「アーク！」

まぶたを動かしたが、妖魔が表立っていないせいだろう。目を閉じたまま動かない。

「このまま身を隠します。アークにも事情を説明しないと」

頷いたロゼがアークを起こそうとしているのを、シルヴィアも手伝う。

「あとは、課題が未解決で流れるのを待ちましょう」

「う、うまくいくでしょうか。アークもいいって言ってくれるか……」

「言うと思います。アークは妖魔より人間に怒っていたし、何よりあの妖魔があなたの名前を知ってました。あの妖魔と話ができていたんです。話し合いは可能です」

適当に言ってるだけだが、ロゼは息を呑んだあとに、破顔した。

「あ、ありがとうございます……そんなふうに、考えたことなかった……」

「とにかく今はアークを隠さないといけません」

「ですね……」

「……」

ロゼとふたりでそっと背後をうかがう。そこには、ずっと凶悪な顔で佇んでいる妖魔熊がいた。手伝ってくれたら心強いのだが、頼むにしても話が通じるだろうか。

だがロゼが意を決したように立ちあがった。

「あ、あの。よ、よかったら、さっきのロゼみたいに、アークを運んで――」

「グガアアアアアァァァァ！」

「きゃあああぁぁごめんなさいごめんなさいぃぃぃ！」

涙目になったロゼがシルヴィアの背中に逃げ帰ってきた。嘆息して、シルヴィアは妖魔熊に向き直る。不本意だが、妖魔皇の娘という立場を使うしかない。だが、シルヴィアが何か言う間にもう一度、妖魔熊が咆哮――いや、威嚇した。

「ガアアァァァァ！」

「君たち、それはただの熊ではない！　肉体を得た上級妖魔だ！」

前方からの声に、シルヴィアとロゼは振り向く。重なった木々の向こう、森の出口だ。甲冑を着た騎士らしき人物が、馬上で銃剣をかまえている。

「離れたまえ！　こちらに引きよせる！」

「え、あのっ……この熊さんは、むぐ」

ロゼの口を片手でふさぐ。妖魔熊が一歩前に出た。シルヴィアはその顔を見あげる。

「……まさか」

「グルルルルゥ……」

「乗り移ったか。確かに病弱な少年より熊のほうが器として使いやすいだろう。皇帝選の緊急課題になるわけだ——だが、この私が倒す！」

妖魔熊が走った。突進だ。森の出入り口には爆弾が仕掛けられている。ロゼのその言葉を妖魔熊も聞いていたはずなのに、理解できなかったのか。

いや。

（まさか、アークの身代わりになるつもりで……⁉）

アークを討伐させないため、未解決でごまかす。妖魔皇の娘がそう判断したから。

走り出した妖魔熊の風圧で尻餅をついたシルヴィアは、奥歯を噛みしめる。ロゼも同じことに気づいたのか呆然としていた。

だがそのときには、森の出口が爆発を起こしていた。樹木がいくつも暴風と熱で落ちる。一瞬で黒焦げになった森の出口付近には、なんの影もない。

呆然としてその光景を見るシルヴィアの左眼に、鋭い痛みが走った。何かと視ると、景色の上に重なるようにぐるぐるあがっていく何桁かの数字が見える。

「……ロゼ」

「は、はい……これ、課題の配点ですか。あの、熊さんを倒したから、解決……」

黙ることでシルヴィアは肯定する。

背後から追いついてきた弓兵たちは、ここへ追いこむ役割だったのだろう。アークを見て怪訝な顔をする者もいたが、妖魔を倒したと湧き上がっている皆に釣られて、こちらを注視していない。

「お、ねえ、さま……」

「――これで、あなたたちは逃げられます」

「で、でも。あの、熊さんが」

「言わないでください。……無駄にしたくない」

ロゼが泣き出しそうな顔をしたあとで、頷く。

深呼吸して、考える。誰に助けを求めようか。できるだけ人が好さそうで、こちらの事情を詮索しなさそうな人物がいいだろう。だが、このまま領主のいる街に戻って大丈夫だろうか。爆発した場所から目をそらしてぐるぐる考えていたとき、目の前が暗くなった。

「どうした、俺の姫。困りごとか」

穏やかな眼差しに、シルヴィアは息を呑んだ。

「……お、父様……」

「助けにきた」

何もかも終わってからきて、よく言う。

でも登場のしかたはきっと正しい。

シルヴィアが膝をついて弱っているときに、真っ先に手を差し伸べて迎えにきてくれたのだから。

気づいたら堰を切ったようにシルヴィアはアークのことも妖魔熊のことも、洗いざらいルルカに話していた。ルルカをシルヴィアの父であり皇帝候補だと思っているロゼは何も文句は言わず、緊張した面持ちでルルカの判断を待っていた。「そうか」とだけ言ったルルカは、領主にロゼとアークを手放すよう話をつけ――本当に話をつけたのかどうかあやしいが――アークとロゼをルルカの館に迎えた。

妖魔馬が引く馬車を見た時点で、色々察したのだろう。そもそもアークに妖魔が憑いているのだ。ロゼはおとなしく馬車に乗って、何も問わなかった。

突然の訪問客にスレヴィは片眉を吊り上げたが、ルルカが最初シルヴィアをつれてきたときのように、黙って給仕や部屋の支度をしてくれた。そのあたりが限界だったようで、ロゼは気を失うように眠ってしまった。

アークと一緒の部屋に寝かせて一息ついたら、もう夜になっていた。

とりあえず湯浴みを先にすませたシルヴィアは、自室に食事を運んできてくれたスレヴィにまばたく。食事といっても、カップスープとレタスや卵やハムを挟んだパン、切った果物といった軽食だ。

「今夜はここで夕食なんですか？」

「もう遅いですから、ルルカ様も自室でとられるそうです。おひとりになりたいのかもしれません、色々あったようですしね」

色々。

そう言われると、出てくるのは妖魔熊のことだ。別にルルカとあの妖魔熊が親しいところを見たことなどないが、同じ妖魔、仲間意識があってもおかしくはない。

さすがにシルヴィアも思うところがあった。散々、追いかけ回されたけれど、助けてくれたことをなかったことにするほど、恩知らずには生きていない。

「……お父様の部屋に行ってもいいですか」

「おや、珍しい」

「お話ししていないこともあるので」

では、とスレヴィがぱちんと指を鳴らすとワゴンがやってきた。

「お願いします。私はあの人間のほうを見ておきますよ。騒がれても困りますので」

ワゴンにシルヴィアの食事を戻し、別の廊下(ろうか)の角をスレヴィはまがっていった。シルヴィアはワゴンを押して、廊下を歩く。ほんの少しだけ体が重い。いや、気分が重いのか。

（久しぶりに屋敷から出て人間の街へ行ったのに）

喜びや懐かしさはなかった。もともとシルヴィアは人間の社会から弾かれていたから、そんなものだろう。屋敷に戻って、緊張がほどけたのかもしれない――そう考えてはっとした。

安心してどうする。普通に、家に戻ってきたみたいに。

廊下の洋燈が、ゆらゆら揺れていた。普通って何。そう問いかけられたような気がしてシルヴィアは足を止めると、ちょうどルルカの部屋の前だった。

深呼吸して、扉を叩いた。

「お父様。シルヴィアです」

返事のかわりに、きいと扉が勝手に開いた。控えめに扉の隙間から覗きこむ。灯りは書斎机の洋燈しかついておらず、部屋の中は薄暗かった。だが、どうにかこちらに背を向けて一人掛けのソファに座っているルルカの頭が視認できた。開けっぱなしのバルコニーの方向を向いている。夜風に当たっているのだろうか。

「食事を持ってきました。……入っていいですか？」

「ああ」

ルルカが隣のソファを指し示す。グラスが置いてある小さなテーブルを挟んだ先にある、一人掛けのソファだ。気づけば、ワゴンも勝手にそこへ移動していた。ルルカが魔力で動かしているのだろう。

黙ってソファに座ると、バルコニーから吹きこんだ夜風が当たる。上からブランケットが舞い降りてきた。

「体をひやさないように」

忠告に従い、ブランケットの前を合わせて隣のルルカを見た。

肘をついて外を眺めているルルカは、何やら物憂げな顔をしている。まさか、妖魔熊を偲んでいるのか。

「今日はよく頑張った」

「い、いえ！　たまたまです……」

なのにルルカがそんなことを言い出すものだから、声がひっくり返ってしまった。そのまま焦って、話を続けてしまう。

「お父様がいるから妖魔と交渉できたので……ロゼにも助けられました。あの子の能力のおかげで行動できたようなものです。私は、何も」

「ずいぶん謙遜するな」

「私は数秒先の未来が数秒視えるだけです。ロゼは危険を予見できますから」

ルルカが流し目を向ける。シルヴィアの口調がますます早くなる。

「そ、それでですね。ロゼとアークは、仲が良いです。互いが助かるならば妖魔の存在も許容するくらいにです。ですが、今後なんの庇護もなしに生きていくことは難しいでしょう。ふたりとも故郷に戻れませんし――そこでお父様はどうかな、と」

「妖魔皇として庇護してやるかわりに、皇帝選に協力しろと持ちかけるわけか」

「そう！　そうです。きっとロゼとアークも頷きます。お父様は？」

「いい案だと思う」

ぱっとシルヴィアは顔を輝かせて、肘掛けからルルカのほうへ身を乗り出した。

「なら、お父様は皇帝選から撤退してサポートに回り、私はお役御免——」

「さすが俺の姫は親孝行者だ」

不意打ちで向けられたルルカの笑顔には、口をつぐませるだけの迫力があった。シルヴィアから目をそらさず、ルルカはゆっくりと告げる。

「今後もこの調子でよろしく頼む」

「……せ、聖女って、ふたりも必要ですか」

「仲間は多いほうがいいだろう」

何が仲間だ、と言うのをなんとかこらえて、シルヴィアは悟る。これは駄目だ。

きちんと使える聖女の能力があって、こちらに抱きこめて、妖魔を受け入れられる。なかないい線だと思ったのだが、ルルカの手駒をひとつ増やして終わったようだ。

「ずいぶん表情が顔に出るようになったな。むくれている」

「……おかげさまで」

「お前は優秀だ。先が楽しみだよ」

そうやってほめられても、素直には喜べない。意趣返しもこめて尋ねてみる。

「お父様はがっかりしませんでしたか、私の聖眼」

「なぜ?」

「大した能力ではありません」

本音を言えば、シルヴィアは少しがっかりした。同時に、これでルルカが見捨ててくれるかもしれないと希望を抱いたのだが、この一件についても既に昼間に結論が出ている。

「もっと面白い聖眼を持ちたかったのか?」

「どうせなら。ありとあらゆる未来が視えるような」

「昼間も言っただろう。視えても選べなければ、ただの地獄だ」

頬杖をついて遠くを見るルルカは、悟っているようにも諦めているようにも見えた。

「未来がわかっていても何もできず、その結末に進まなければならない――ならばいっそ未来などわからないほうがいいだろう。だが、お前には未来を選ぶ知恵も度胸もある。聖眼は補助輪にすぎない」

「……でも、とんでもなく便利な聖眼の持ち主が現れたら手のひらを返すのでは?」

「疑り深いな」

「そういうふうに育ちました」

嫌みでもなんでもない、事実だ。ルルカがいたずらっぽく問いかけた。

「お前の優秀さを、他でもない聖眼が認めているのにか?」

怪訝に思ってシルヴィアは視線をルルカに戻す。ルルカはおかしそうに笑った。

「その様子だと気づいていないな。そんなに妖魔熊のことがショックだったか」

黙ってにらむと、ルルカは内緒話をするように声を潜めた。

「皇帝選の成績は、聖眼で確認できると聞いたが」

「は、配点なら見ました。妖魔熊が……突っこんでいったときに……」

「順位は？」

まばたいたシルヴィアは、黙って頭の中に送りこまれているだろう成績表を視る。景色と二重に視るよりは頭の中で描いたほうが見やすい。

自分の配点だけではない、順位――と思うだけでぱっと一覧が頭の中に浮かんだ。配点は聖女につくので、ルルカではなく自分の名前をさがす。

そして立ちあがって叫んだ。

「い、い、い、一位⁉　私が⁉」

しかも、ひとつの課題につき大体これくらいが平均点、といわれている配点の三倍くらいの点数がついていることに、今になって気づいた。

さらに、二位はロゼ。他は全員一桁の配点で横並びだ。緊急課題はシルヴィアとロゼのふたりが解決したという評価なのだろう。配点のほとんどをシルヴィアとロゼがかっさらった形で、しかもシルヴィアはロゼとも二倍近い点差がついている。

わかりやすくいうと、シルヴィアがぶっちぎりの一位だ。

「街にいた聖女が騒いでいたぞ。シルヴィアという聖女は誰だ、どこの陣営だと」

「な、ななな、な……なぜ」

「街も人も犠牲を出さず、妖魔を処理できた。だからだろう」

「……でも、妖魔熊は……」

妖魔熊は自ら突っこんでいったのだ。倒したわけではない。そのことを思い出すと、この評価はおかしい――いや、こんな配点はいらないとさえ思う。

「それなんだが」

ルルカが立ちあがり、バルコニーに出た。手招きされて、シルヴィアもバルコニーへ出る。そしてルルカが指さす先に、絶句した。

ちょうどバルコニーから見下ろせる大きな木の根元で、すやすや眠っているのは大型の熊だ。丸くなって眠っているようでなかなか可愛い。

「……。生きて、ますね」

半眼で確認すると、ルルカが頷いた。

「あんな程度の爆発で死ぬような柔な妖魔を、お前の相手になど選ばない」

「……私は毎日、何と訓練を？」

「魔界からお越しの熊さんだ」

それですべて押し通す気らしい。バルコニーの手すりに額を打ち付ける。

（でも、よかった）

自分のせいだ、と思っていたのだ。都合のいいように妖魔皇の娘だなんて権威を振り回したせいだと。

「お前のせいじゃない。何かあっても、俺の責任だ」

両目を開いて、顔をあげた。隣でルルカは涼しげに笑っている。

「自分の命令ひとつで誰かが死ぬという経験は、お前には早い。まだな」

まだ、という単語は引っかかったが、子ども扱いされているのがわかって、シルヴィアは頬を膨らませる。

ここで、この妖魔はひとりでその重圧に耐えているのかという疑問には、気づかないふりをしたほうがいい。

「ですが、だとしたらこの点数はなんの……？」

首をかしげるシルヴィアに、ルルカが手すりに背を預けて言った。

「妖魔に憑かれたアークの命を、救ったからだろう」

「でも、妖魔を倒したわけではありません」

「妖魔を倒すと少年を犠牲にすることになる。お前はそれをふせいだ上、共存という提案で妖魔を無害化させた。人間に協力的な妖魔は無害と判定される。お前は一番難易度の高い方法で、課題を解決した。どういう目的でそうしたかはともかく」

「私が一位。……つまり今後、ものすごく狙われるのでは……？」

やましいところを指摘されて、すっと視線をそらす。と同時に、はっとした。

「それは、そうなるだろうな。ベルニア聖爵家が気づいてもおかしくない」

最悪だ。手すりに両手をついて、シルヴィアは唸る。

「……身代わりを立てるとか、できませんか」

「聖眼に身代わりは通じないだろう。現時点でお前が一位だという評価はどうあっても変わらない」

この世を呪うような長い溜め息が出た。手すりに手を置いたまま、しゃがみこむ。

（……目立たず順位を徐々に落として、戦線離脱するしか……！）

絶対に写真など撮られて新聞に載るわけにはいかない。ベルニア聖爵家とも妖魔皇とも関係ない娘として、しばらく引きこもっていたらなんとかならないだろうか。

真剣に考えていたら、諸悪の根源がしゃがんだシルヴィアを覗きこんだ。

「かなりの高得点らしいな。街で大騒ぎだった」

「……い、一時的なものです。まだ序盤、課題がもっと出れば、そんなには……」

「それでもこの瞬間、お前がいちばんの聖女だ。自分の聖眼が大したことがないから、などと謙遜する必要は一切ない」

ほめられるほど、自分の顔がゆがんでいくのがわかった。勘弁してほしい。

「あともうひとつ。父親から娘に大事なことを教えておきたい」

「……なんですか」

「俺は、逃げられると余計に追いかけたくなる性分だ」

は、と吐息だけ吐き出す。夜空みたいな美貌（びぼう）を持った男が真顔で言った。

「何より、とても心配性だ。スレヴィは粘着体質だと言っているが」

そんな情報、知りたくなかった。

「だから俺に他の聖女をあてがって、自分は逃げてしまおう——というのは悪手だ。俺は逃げ出そうとお前が何をするのか楽しみでしかたないし、逃げ出したとしてもその先でどうなるのか、心配でしかたない」

「……最悪……」

「何か言ったか？」

あきらかに聞こえていただろうに聞き返してくる。

「暫定(ざんてい)であれ、皇帝選を勝ち抜く最有力候補になったお前だ。これから大変だぞ」

「……楽しそうですね」

「自分の娘が優秀だと証明されるのは、嬉しいものだ。スレヴィもああ見えて喜んでいるぞ。妖魔熊もご満悦(まんえつ)だ。妖魔熊が特攻自爆なんて演技をしたのは、お前を気に入っているからだしな」

うさんくさい。

だが、いつも両親はプリメラについて誇らしげに語っていた。それと同じだろうか、と思うと不思議になった。妖魔ばかりだというのが、どうかと思うが。

「お前にはまだ保護者が必要だ」

「それは、わかっています。お父様に……」

守ってもらっていることも、育ててもらっていることも、理解している。

「だといいが」

言葉にはできなかったシルヴィアの頭にぽんと軽く大きな手を置き、ルルカがバルコニーから部屋へと戻る。

頭をなでてもらうなんて、いつ以来だろう。

不快ではないことに戸惑いつつ、シルヴィアも部屋に入り、バルコニーの戸を閉じた。

アークは丸二日眠り続け、起き上がれるようになったとスレヴィが報告しにきたときはさらに三日はたっていた。

「話は大体、妖魔から聞きました。領主から俺たちを引き取ってくださったことも」

まだ無理はできないということで、寝台の上で身を起こしたアークがはきはき喋る。

アークに宛がわれているのは屋敷の主棟とは違う、離れにある部屋だ。広くはないが、寝台に机、暖炉や洗顔場までひととおりそろっている。庭がよく見える離れの客室といったところだろうか。同じような造りで、向かいの部屋をロゼが使っているらしい。すまし顔で扉の前に立っているスレヴィの配慮だろう。

「皇帝選の順位のことも聞きました。俺は皇帝選には興味はないけど、それじゃすまないっていうのはわかります。いくらロゼが危険を教えてくれても、対処する力がなければどうしようもない。だから、妖魔だろうとなんだろうと使えるものは使います。人間ならいいってわけじゃないのは、身にしみてるし」

苦笑いを浮かべるアークは、理知的な少年なのだろう。

アークが自分の右肩を見る。そこにはぼんやりだが、黒い靄の塊が見えた。取り憑いている妖魔だろう。

「こいつとも意外と仲良くやっていけるんじゃないかな。面白い奴ですよ。ちょっと馬鹿っぽいけど、俺の話聞いてくれるし。不便だから名前つけようかって。な」

「調子ニノルナ、オ前ノ中ガ安全ッテダケダヨ」

そう言って妖魔はふっと消えてしまった。だがアークはなんでもない顔をしているので、うまくやっているのだろう。

「もちろん、お世話になる分、できることがあればやります。手伝わせてください」

かたわらに座って看病をしているロゼもこくこくと頷いて、同意を示す。

シルヴィアと一緒にふたりの話を聞いていたルルカが、静かに頷き返した。

「そう言ってくれると助かる。ではスレヴィ」

「また私ですか。姫様に加えて三人、人間のガキの面倒をみろと……」

「体調がもう少しよくなったら、妖魔の使い方を教えてやれ」

スレヴィが嘆息で肯定を返す。あの、とロゼが声をあげた。

「ロ、ロゼは何をしたら、いいですか。アークの看病は、スレヴィさんが上手で……」

「そうだな。アークは妖魔を使いこなせるようになってからでないと動けない。だからシルヴィアと一緒に皇帝選の課題にあたってもらいたい。そろそろ本格的に課題が出始める頃だろう」

「は、はい。おねえさまと一緒なら、頑張れます！」

そうか、と応じたあとルルカがそっとシルヴィアにだけ聞こえる声でつぶやいた。

「なつかれたな」

「……嫌みですか」

「嫌み？」

ロゼにきょとんと聞き返されて、シルヴィアはごほんと咳払(せきばら)いをする。ロゼの瞳はまっすぐ純粋で、罪悪感が煽(あお)られる。

「ところで、どうして妖魔皇が皇帝選に出るのか聞いてもいいですか」

まずそこを確認するアークは、やはり頭の切れる少年なのだろう。シルヴィアは横目でルルカを見あげる。ルルカは冷静に応じた。

「妖魔皇の心臓が盗まれた。それを取り戻すためだ。盗まれた時期的に、皇帝選が目的だろうからな」

「――そ、それって大変なことですよね。本当に、世界が滅ぶ方向の」

「そうだな。そもそも皇帝選自体、世界が滅ぶのを回避するものだが」

あっさりルルカは肯定したが、アークは難しい顔で考えこむ。だが、ロゼが不安そうに皆を見回しているのを見ると、笑顔を浮かべた。

「正直、皇帝選で世界滅亡を回避するという話自体、おとぎ話じみていて眉唾に思ってたんですが……あなたがそう言うなら、信じます」

「嬉しいことを言ってくれる」

「俺の中の妖魔が、あなたを妖魔皇だと言ってますしね。ただ、怖がってますが」

「おかしいな。俺は慈悲深い妖魔皇で有名なんだが」

　よく言う、と思ったら両目が痛んだ。聖眼が起動したのだ。ロゼも痛むのか、片眼を手で覆って、眉をひそめている。ふたりの様子に気づいたルルカが問いかけた。

「どうした」

「……皇帝選の課題です。いくつか出たようで」

　答えながら、課題が出るたびにいちいち聖眼が痛むのかと嘆息する。

　とりあえず両目を伏せて情報を視たシルヴィアは、思わずすぐに目を開き、隣のルルカを見てしまった。ルルカと視線がかち合う。

「どんな課題が出た？」

「色々です。……妖魔皇の心臓がらみなら、確実に瘴気関係の課題ですよね」

「だろうな。目的もなく移動するよりは近場での課題をこなしたいが」

「……一応、この間の街で、瘴気を祓うものがありますが」

　言いよどむと、ロゼも困った顔をしていた。先に気づいたのはアークだ。

「他にも何か？」

ごまかすのは難しいだろう。諦めて、シルヴィアは答える。

「ニカノルの街で『最上級妖魔の瘴気を祓う』課題が出てます」

ぱちりとルルカがまばたく。

そのまま妙な沈黙が広がった。疑われていることを察したらしいルルカが口を開く。

「……俺は何もしないぞ？」

「今はそうでも、未来の話ですからね」

「スレヴィ。お前は誰の味方だ」

「私の味方です。今、地上にいる最上級妖魔は、あなたしかいません。妖魔皇の心臓が原因と考えるべきでしょうね」

ルルカがほんのわずかに眉を動かし、嘆息した。

「なら好都合だな。早速、もう一度街へ行くか」

やっぱりそうなるのか。諦め半分にシルヴィアは考える。

（こうなったら心臓をさっさと探し出して、解放されるしかない）

大切なのは今後を見据えての早期解決。となると、妖魔皇の娘として扱われていたことなど絶対に知られてはならないし、ルルカを表に立たせることは賢くない。もちろん課題を自分でこなすことなど論外。うまく立ち回らねばならない。

だから深呼吸をして背筋を伸ばした。

「いえ、お父様はここに。課題の標的であると誤解されては面倒なので」

異論を唱えるシルヴィアを、ルルカは細目で見つめる。責めるような視線だ。それをシルヴィアは黙殺して、もっともらしく続けた。

「まずは情報収集に私とロゼが向かいます。ロゼがいれば、危険は避けられます。妖魔皇の心臓の在処(ありか)や状態がわかってから動くほうが効率的かと」

「……。それだけか？」

「他に何かありますか？」

「……わかった。だが」

一瞬喜びかけたシルヴィアに、釘を刺すようにルルカが視線を投げる。

「俺が出てもいいと判断できるまで、お前には特訓を受けてもらう。瘴気についての勉強やその他諸々(もろもろ)」

「……。なぜですか」

「決まっている、お前のことが心配でたまらないからだ」

堂々とした口調で、ルルカは言い切った。

第四章 聖女ノ資格

　聖眼がいちいち何でも知らせてくれるのは、最初だけだったらしい。

「百日の登録期間が終わったので、定期的に自分で情報を確認しないといけないみたいです。順位も少し変わってました」

「本当ですか」

　やっと街に出ていいと許しがおりて、今回も魔界からお越し頂いた妖魔馬の馬車に乗りこんだところだ。シルヴィアは向かいの席に乗っているロゼのほうに身を乗り出す。シルヴィアの食いつきに驚いたのか、ロゼは慌てて付け足した。

「あ、あの大丈夫です、おねえさまがぶっちぎりの一位なのは変わらないので……！」

「……そこは変わってないですか……」

「はい！」

　元気いっぱいに返されて、遠い目になった。ロゼは気づかず、にこにこしている。

「ロゼ、皇帝選のことお勉強しておねえさまの今の点数が、本当にすごいんだってわかりました！　ロゼは皇帝選のこと、全然知らなかったから……アークと護身術も一緒に教えてもらったり、スレヴィさんには本当に感謝してます」

頭脳派じゃなかったのか、あの妖魔。

「あと、文字の読み書きも。少しあやふやだったので、勉強できて嬉しいです」

ふと気になった。シルヴィアもロゼも読み書きがあやうかった。それなのに、聖眼からきた情報は最初から読めた。

（……神の言葉なら誰にでも届く、か）

便利なことだ。そう思いながら聖眼で一応、変動したという順位を確認する。

確かに二位のロゼに迫る形で、ひとり順位をあげている聖女の名前があった。

「聖女マリアンヌ……ですか」

「え、ええと、ロゼ、調べました。新聞で」

そう言ってロゼが肩からさげたポシェットの中から小さなメモ帳を取り出す。

「デ、デルフォイ聖爵家？　の、分家の、ええと……神殿の巫女さんだったそうです。今、街の周りに瘴気を弾く結界を張っているのは、このひとです」

「結界を用意しただけで、こんなに点数が？」

「街に何度か瘴気が迫ったみたいで、そのたびに加点されたんだと思います」

初耳の情報にシルヴィアは嘆息した。

「私が特訓している間に色々あったんですね」

「お、おねえさまはこの一ヶ月、完全に外界と遮断されてましたから……」

自分の目から光が消えるのがわかった。

目を閉じるとまぶたの裏に浮かぶのは、思い出したくもない日々だ。

朝は魔術や呪いに関する授業。昼は魔界からお越し頂いた元気な妖魔熊との追いかけっこから、ルルカから直接の稽古。

果たして自分がどんな存在になってしまったのか、想像したくない。

「今は訓練の話より、近況が聞きたいです」

「わ、わかりました！　とは言ってもニカノル地方についてはさっきの、マリアンヌ様の結界が瘴気から街を守ってる、くらいです」

「……。現在進行形ですか？」

「は、はい」

頷いたロゼに、シルヴィアは考えこんだ。

「それは街に行けば瘴気がある、ということで……危険なのでは？」

「だ、大丈夫です！　ロゼは、スレヴィさんから護符をいただきましたし」

「私はもらってませんが」

「え、おねえさまは何もなくて大丈夫だからでは……」

無表情でシルヴィアは口を閉ざした。確かに自分の体質なら瘴気には強い。だがいくらなんでも、結界で弾かねばならないほどの瘴気は想定外ではないのか。

（私の体は今、いったいどうなって……）

今すぐ馬車から飛び降りてやりたい。だが妖魔馬が引く馬車から飛び降りられるのも普通ではない気がして、その気も失せた。

「……とりあえず、今日は状況確認を安全第一で」

「アークに無理はするなって言われてますし、ルルカ様も心配しますもんね」

「心配……」

眉根がよった。何かしら失敗して帰ったら再度の特訓が待っているのはわかるが、それは心配からくるものだろうか。シルヴィアを鍛えて楽しんでいるだけの気がする。

既に道を開拓したからか、妖魔馬車の道程は最初よりも快適だった。だがニカノルの街の外壁が見えたあたりで瘴気らしきものがうっすら立ちこめ始める。

「ロゼ、このあたりは安全ですか？」

「は、はい。今は特に、何も視えません」

ロゼの聖眼は危険を察知するが、いくつか制限がある。まず、対象は人間のみで妖魔の危険を察知しない。そして、ロゼの視界に入っていなければならない。さらに、怪我や生命の危機などの被害が出なければ『危険』とみなさない。逆説的に、人間の被害者が出ない未来をロゼは視ることができない。

ちなみに妖魔と共存しているアークは『人間』だが、契約により死んだ人間の肉体を使っているスレヴィは『妖魔』らしい。生まれながら妖魔として肉体を持っているルルカも『妖魔』だ。シルヴィアはまだ『人間』と判定されているのがわかって、ほっとした。

他には、時間的な制限があるのがわかっている。そんなに先の危険は視られない。せいぜい二、三日以内のことしかわからないようだ。

つまり今、シルヴィアを視てロゼが何も視えないということは、直近での危険はない。

「では、このあたりで降ります。妖魔馬車を見られたら面倒ですから」

「そ、そうですね。街の検問、けっこう厳しくなってるみたいですし」

「課題の対象が『最上級妖魔』なら当然です」

だが、聖女だと明かすのは危険だ。シルヴィアとロゼは、現段階で皇帝選の成績上位者である。ばれたら、他の候補者たちから袋だたきにされる危険が増す。

どうにか誰何されず街に入りこんで、情報を集めるしかない。

妖魔馬車を降りたシルヴィアの足元に、薄い煙のような靄がまとわりついた。ちょうど足首までの高さだろうか。うっすら灰色に見える瘴気だ。

視認できる瘴気は、それなりの濃さがある。人体にすぐ影響が出るわけではないが、ロゼに護符があってよかった——自分にないのは納得していないが。

まずは検問をしている正面をさけ、周囲を一周するため外壁に近づいたときだった。

足の裏にぴりっと痛みを感じて、シルヴィアは咄嗟にその場からあとずさる。同じものに気づいたのか、ロゼも足を止めた。だが目で問いかけると、首を横に振る。危険なものではないらしい。

しかし、小石などの障害物ではない何かを踏んだのは確かだ。

「な、なんでしょう」

「……結界」

かがんで足下を見たシルヴィアは、草の間からうっすら浮かび上がって見える模様を見て答える。同じものを見ていたロゼが、振り向いて言った。

「お、おねえさま。あそこにもあります」

ロゼが指さした先にも、同じ魔術の術式が光っている。等間隔に外壁の周囲に配置されているらしい。目をこらすと、魔術をつなぐように薄い膜(まく)ができており、押し寄せる瘴気を吸いこんでいた。

「街を瘴気から守ってる……でもこの結界の術式、問題があります」

「え、わ、わかるんですかおねえさま、結界とか、術式とか、魔術……」

「訓練で少し。魔術も使えたほうがいいと言われたので……」

早速役に立ったが複雑だ。本当に自分は何をどこまで教えこまれているのだろう。

今は考えないようにして、シルヴィアはしゃがみこむ。

模様の中心には穴のようなものがあり、そこに瘴気が流れこんでいた。瘴気の浄化もしているらしい。きっちり教本通りの術式で描かれた、完璧(かんぺき)な瘴気対策の結界である。この結界を張った聖女マリアンヌに配点されるのも納得の出来だ。

だが、この結界には難点がある。吸いこみ続けた瘴気が浄化の許容量をこえた場合だ。

「この瘴気の量と濃さでは浄化がいずれ追いつかなくなる……そうしたら、今まで吸いこんだ瘴気が結界内に逆流します」

だからあえて結界を破らず瘴気を吸わせ続けて魔界っぽい領域を作らせたりします、人間って親切ですよねなどと嬉しそうに語っていたスレヴィの顔を思い出す。

「結界が間に合わないなんて……やっぱりルルカ様の心臓と関係あるんでしょうか」

「でも、世界を滅ぼすにしては薄すぎます。聖女の封印が持続しているのか、まだ遠くにあるのか……」

「あなたがた、何をしているのですか」

背後からの高めの声に、振り向いた。

外壁の曲がり角から、白い衣装の裾を引いて吊り目の美女が歩いてくる。まっすぐな白銀の長髪に白い肌が陶磁器のように硬質そうで、背が高いから妙な威圧感がある。見おろされる形になったロゼがシルヴィアの背中に隠れてしまった。

じろじろとシルヴィアとロゼを眺めてから、美女が顎を持ちあげて口を開く。

「街の子ではなさそうですね。まさか、私の結界に何かしようと？」

「結界……聖女マリアンヌ様ですか？」

「ええ、そうです」

堂々と臆さず頷くこの聖女が、ロゼに続く成績上位者だ。つまり——誰何されるわけにはいかない。

「ああ神様ーありがたきしあわせー！」

突然両手を合わせて叫んだシルヴィアに、マリアンヌが細い眉を動かす。だが、これくらい大袈裟でないと、表情に出にくいシルヴィアでは気持ちが伝わらない。思いきってロゼの肩も抱く。

「私たち、どこかに住んでる姉妹デース」

「えっおねえさま……？」

頭の中にある地図を引っ張り出して、近郊の村の方角を指す。それからしょんぼりと両肩をうなだれてみせた。――たぶん、できていると思う。

「外出時、突然瘴気が発生し、私たち、困りましたネー」

「なんですって。それは本当なのですか！」

眉を吊り上げて詰め寄ったマリアンヌに、シルヴィアはとにかく説明する。

「びっくりして迷子です。気づいたらここにー、おお、神のお導きー」

「まあ……それは怖かったでしょう。わかりました、まずは街で休んでいきなさい。村への連絡はそれからでよいでしょう。見たところ元気そうですが、瘴気の中を歩き回るのはよくありませんからね。ついてらっしゃい」

教師のような口調で言ったマリアンヌはくるりと背を向ける。目で合図すると、呆然としていたロゼはこくこく頷いて、動き出した。

（私の演技もなかなか）

ひそかに満足しながら欲を出して、シルヴィアはその場で靴をはき直す素振りでしゃがむ。そして指先で結界の模様を書き足した。

（瘴気を魔界に逃がす。そうすれば結界はもつ）

あんまり人間には教えたくないんですがねえ、ともったいぶった妖魔直伝のちょっとした記述の書き足しだ。簡単である。

「どうしました」

「いえ、靴に小石が入っていたみたいで」

マリアンヌに振り向かれ、シルヴィアは立ちあがる。マリアンヌは目を細めたが、結界に異状がないのは見て取れたようで、すぐに背中を向けた。その背中に、シルヴィアは声をかける。

「聖女様は何を？」

「結界の見回りです。あとは瘴気の様子を……あまり濃くはないとはいえ、あなたがたの村にまで広がっているなんて……」

マリアンヌの口調には苦々しいものがまざっている。ロゼがおずおず尋ねた。

「あ、あの。なんでこんなに瘴気が出てるんですか……？　原因とか……」

会話を誘導するロゼもなかなかの役者だ。マリアンヌは前を向いたまま嘆息した。

「わかりません。ただ最上級妖魔が関わっているとなれば……──あ────！」

立ち止まったマリアンヌが突然、叫んだ。ぎょっとするシルヴィアとロゼの前で、ぶるぶると震え出す。

「そんな……そんな、なぜ……っお、おのれ聖女シルヴィア！」

「えっ」

つい声をあげてしまったシルヴィアだが、マリアンヌは気づかない様子で頭をかきむしり出す。

「いったいどういうこと⁉　なぜ聖女シルヴィアの点数があがっているの⁉」

「⁉」

固まったあと、シルヴィアはこっそり聖眼を起動し、点数を確かめる。

確かにマリアンヌの言う通り、シルヴィアの点数はあがっていた。

（どうして⁉　……まさか、さっき結界を強化したから⁉）

元はマリアンヌの結界だからと安易に考えていたが、聖眼はちゃんとシルヴィアの行動を評価したらしい。聖眼の緻密さが怖くなってきた。

「どうしてですの！　最近は動きもなく私に畏れをなしたかと思っていたのに、姿を見せないまま点差を広げるなど卑劣な……ッいったいどこの何者なのですか、この聖女！」

先ほどまでの巫女らしい威厳はどこへやら、マリアンヌが爪を噛む。

「ギルツが不正だと騒いでいるのを馬鹿馬鹿しいと思っていましたが、まさか……いえそれはないわ、ああ神よ、あなたの裁定を疑う愚かな私をお許しください……！」

マリアンヌがいきなりその場に両膝をついて、祈り出す。シルヴィアとロゼが口を挟む間もない。

「あなたを疑うことは自分自身を疑うこと！　わかっております、いつも私を導き見守っていてくださっていると……十で神殿に売られた私を見捨てず、聖女にしてくださったその慧眼に間違いなどないと！　つまり私は聖女になるべくしてなった才能の持ち主！」

すっと立ちあがったマリアンヌは、胸に手を当ててきっと顔を空に向けた。

「いずれ目に物みせてくれる、聖女シルヴィア！　聖女ロゼも私の頭上にいつまでもいられると思わないことです……！　ああ、だめです。成績の確認は取り乱してしまうから、五分に一回だけにしているのですが……やはり十分に一回にすべきですね」

十分に一回もだいぶ多い。

ふうっと額の汗をぬぐうような仕草をして、マリアンヌが突然こちらに向き直った。

「瘴気の原因ははっきりしていません。ですが、脅えることはありません。この聖女マリアンヌ、私がいれば世界は救われます。わかりましたね？」

穏やかに笑いかけられ、シルヴィアとロゼは勢いよく首を縦に振った。このひと怖い。

「よかった。ところで、あなた方の名前は？」

「聖女マリアンヌ様に名乗るほどの者ではございません！」

「そ、そうです！」

敬礼する勢いで答えたシルヴィアに、ロゼも必死でこくこくと頷く。まあ、とマリアンヌが嬉しそうに微笑んだ。

「そんなに萎縮することはありませんよ。私はただの聖女です」

「む、むしろ名前をつけてほしいくらいです！」

ロゼの提案に内心でシルヴィアは拍手した。まばたいたマリアンヌが咳払いをする。

「せ、洗礼名ということかしら……？　確かに、これだけの瘴気の中ではどこに妖魔が潜んでいてもおかしくない。名を告げると取り憑かれやすくなりますからね。瘴気の中を歩いてきたことを考えると、別の名を呼ぶほうがいいかもしれません」

「お願いします！」

「ぜひ！」

シルヴィアとロゼという名前を出したら最後、どうなるかわからない。そろって頭をさげるシルヴィアとロゼに、マリアンヌが考えこんだときだった。

「聖女マリアンヌ様、こちらでしたか！」

槍を片手に持った兵が外壁の角を曲がって走ってくる。

門番だろうか。一瞬シルヴィアは誰何されることを警戒したが、焦っているのか門番の目には入っていないようだった。マリアンヌが目を細めて応じる。

「なんです、騒々しい」

「至急おいでください、街中に瘴気が発生しました！」

マリアンヌが弾かれたように顔をあげた。

「まさか、街中……あの公園の穴ですか⁉」

「そ、そうです。穴から瘴気が出て、何人か倒れて、妖魔も出ています！」

「すぐ案内を！」

門番を置いてマリアンヌが先に駆け出す。門番も慌ててそれについていった。ふたりとも、もう迷子の少女のことは目に入っていない様子だ。

「今のところ、ロゼには何も視えないです」

ロゼが耳打ちした。ひとまずシルヴィアたちは安全ということだ。

「なら、何が中で起こってるのか確かめます」

聖女マリアンヌの結界はきちんと今も作用している。ということは、結界の中で何かがあったのだ。

しかも妖魔が出たのなら、相当濃い瘴気が溢れているということになる。

「ルルカ様の術で領主はもうロゼのことを覚えてませんが、目立たないように」

「は、はい」

お気に入りの外套のフードをかぶりなおし、シルヴィアとロゼは一緒に駆け出した。

検問は騒ぎのおかげで、あっさりくぐり抜けられた。

「外には出るんじゃない！　今、聖女マリアンヌ――デルフォイ聖爵家が対処にあたってるから各自、騒がず家に帰った帰った！　ほら君たちも中に！」

そう言って門番がシルヴィアとロゼを街中へと押しこんだのである。街中で妖魔が出たらしいが外も瘴気で囲まれていると、どこへ逃げればいいのかわからない人々が門の近くに集まったおかげだ。いちいちしっかり身元を確認していられないのだろう。

だが街中で瘴気や妖魔が出たわりには混乱は大きくないようで、ロゼの聖眼に引っかからないことも納得できた。

「何人か瘴気でやられたらしいけど……妖魔に取り憑かれたりしてないよな？」

「本当に大丈夫なのかね。結界とかいっても、どこまで役立ってるんだが」

「泣かない泣かない。聖女マリアンヌ様が浄化してくださるからね」

「他にも聖女っていないの？　領主様はベルニア聖爵と縁があるんだから、そこからも派遣してもらえばいいのに」

「こないだといい、最近、この街おかしくないか……？」

人々の声を聞きながら、その間を縫って歩く。瘴気が発生した場所も、人の流れと逆に行けば辿り着くだろう。

門からだいぶ遠ざかったところで、シルヴィアはロゼに小さく言った。

「この街はあなたのほうが詳しいです。街を見渡せる高い所で、何が視えるか確認を」

「ロ、ロゼが、ひとりでですか」

「はい。そのあと街から出て帰るか留まるかを決めましょう。混乱がおさまると検問が再開するので判断は早めにしたほうがいい。私は瘴気が出た場所の情報を集めます」

近づかないで、という声が聞こえるほうへシルヴィアは視線を投げる。ロゼはごくりと唾を飲んで頷いた。

「がん、頑張ります。時計塔からなら、たぶん、街が見えるので……」

「お願いします。魔力の配分に注意して」

肝心なときに聖眼を使う魔力が枯渇していては論外だ。

はいという返事と一緒にロゼは緊張した面持ちで、だがしっかりと歩き出した。

見送ってから、シルヴィアは直近の危険へと向かう。ここから先は封鎖しますといわれている方角だ。

野次馬が集まっているのか、結構な人だかりになっていた。ロープを持ってその場を封鎖しようとしているのは、領主から派遣された兵だろう。大人の間をすり抜けてうまく最前線に出ると、見覚えがある場所に出た。

ルルカが襲われた公園の広場だ。どうもそこが瘴気の発生場所だったらしい。

あのとき妖魔の攻撃は地下からだった。瘴気の澱みが残っていたのかもしれない。

広場の日光がよく当たる開けた場所で、何人か等間隔で地面に寝転がされていた。ぴくりとも動かない者、うなされている者、容態は様々だが瘴気にやられた人々だろう。皆、顔色は悪いが死人は出ていないらしい。日光を浴びさせているのは妖魔に取り憑かれるのを防ぐためだろう。

「私の結界にケチをつけるおつもりですか⁉」

甲高い声に、シルヴィアは目を向ける。マリアンヌだ。その目の前には、愛想笑いを浮かべているニカノル領主のマイルがいる。

「そういうわけではないのですがね。まあ、落ち着いて」

「落ち着いていられるわけがないでしょう！　私の結界は完璧です。街の外は瘴気から守られているではありませんか」

「ですが、今回はマリアンヌ様が『妖魔の出た穴』に張った結界から瘴気が噴き出たわけで……街のほうは大丈夫なのかと不安になるのは、ご理解いただけるかと」

「何者かが故意に壊したのでしょう！　皇帝選で私の足を引っ張るためか、あるいは人間に取り憑いた妖魔が入りこんでいる可能性もあります！」

　高らかに告げたマリアンヌに周囲がざわめく。可能性としてはある。だが、言い方がまずいとシルヴィアは眉をひそめた。なかなか不器用な聖女様らしい。

　案の定、マイルが険しい顔になった。

「マリアンヌ様、軽率に仰るものではありません。住民が不安がります」

「きちんと目の前の危険を目視しないほうが危険です。この街は一度、妖魔の侵入を許しているのです。私に責任を押しつける前に、領主としてすべきことをなさったらどう」

「ほう！」

　わざとらしい大声を出してからマイルが鼻で笑った。

「ではその怪しい人間とやらを教えて頂きたいものですな、聖女として！　そうすれば私も自分の責任を認めますよ。ですがあなた方には無理でしょう、妖魔を見抜くなど」

「何がおっしゃりたいのです？」

「そもそも緊急課題であなた方は自分たちが妖魔を倒したと仰られた。だが、蓋を開けてみれば、配点はシルヴィアとロゼという見知らぬふたりの聖女にある。あなた方は課題の妖魔を判別できていなかったのです！　これでは不安になっても当然でしょう」

そこは反論できないのか、マリアンヌが拳をぐっと握る。マイルは鼻を鳴らした。

「しかも、こんなときに皇帝候補のギルツ様は聖殿に直訴するため不在。聖女と皇帝候補が協力して課題に当たるべきなのに、できていない。この体たらくで、聖女マリアンヌ様に協力しろと言われてもね。どこまで信じていいやら」

ざわざわと街の住民が聞き耳を立てている。領主の言葉だ。聖女に対する不安と不信が、波紋のように広がっていくのが肌でわかった。

それを切り裂くように、マリアンヌが声をあげた。

「それでも私が聖女であることに変わりはありません！」

マリアンヌは肩で息をしながら背中を向ける。

「邪魔をするなら去りなさい。私は今から瘴気で倒れた方を浄化します、ひとりずつ」

「ひとりずつ！」

大袈裟に叫んで、マイルがやれやれと首を横に振る。

「ぱあっと一気にやれないものですかね、聖女プリメラのように。何時間かかるのやら」

「何時間でもです。今、ここには私しかいないのだから」

マイルは苦々しい顔をしたが、一応、黙った。

（瘴気を浴びた人間の浄化……治癒魔法と浄化魔法の合わせ技。とても難しいはず）

瘴気に倒れた人々の元へとマリアンヌは足を運ぶ。それを小馬鹿にしたような目でマイルは見送ってから、こちらにやってきた。

念のためシルヴィアは人の陰に隠れる。その前を護衛をつれたマイルが横切っていく。

「医者だけは呼んでやれ。瘴気を浄化したあと、治療が必要かもしれん。だが、迎えの支度が優先だ。準備はどうなっている？」

「はっ！　滞りなく。ですがよろしいのですか。今回の件、配点がデルフォイ聖爵側に取られてしまうのでは……しかもあの穴、妖魔まで出てくるとは、想定外でした」

結界を壊した人間がいる、というマリアンヌの主張は間違っていなかったらしい。

ふん、とマイルが鼻を鳴らす。

「確かに想定外だったが、妖魔はどこぞへ逃げていった。問題ない。それに、あの聖女はもうデルフォイ聖爵から切られている」

どういう意味だろう。だが、マイルは乱暴な足取りでそのまま遠ざかってしまった。

シルヴィアはマリアンヌに振り返った。瘴気に苦しむ男の横で両膝をつき、両手をかざしている。結界を張ったのと同じ要領で、瘴気を吸い上げて自分の中に取りこみ、浄化しているのだ。瘴気を吸えるという意味で、自分と同じ体質だ。だが、魔力に変換できるシルヴィアと、浄化しなければならないマリアンヌでは危険度がまったく違う。

（最初から毒を飲んでいるようなもの。とても危険……）

領主の命令どおり、兵が封鎖を解き始めた。だが、マリアンヌを手伝おうとする様子はない。瘴気にやられた者の家族が寄ってきているくらいだ。

領主マイルはベルニア聖爵側、対する聖女マリアンヌはデルフォイ聖爵側。その対立の間にはさまるような真似はさけたい。

それに、また何かやって変に加点されてはたまらない。

「おねえさま」

兵がいなくなり始めた頃に戻ってきたロゼに、シルヴィアは振り向く。

「どうでしたか？」

「い、今のところは何にも視えない、です。ただ、明日にベルニア聖爵家から聖女がくるって聞きました」

領主のお迎えはそれか。デルフォイ聖爵陣営に課題を投げるのかと思ったが、領主が頼みこんだか、面子を守るためか、ベルニア聖爵陣営も参戦するらしい。

いずれにせよ、ベルニア聖爵側が誰を用意したのかの確認はしておきたい。

「今日戻ったとしても、明日、もう一度出直すことになりますね」

もうひとつ、気がかりはマリアンヌだ。シルヴィアはひとり奮闘しているマリアンヌを見る。同じものを見たロゼが小さく尋ねた。

「何かお手伝いしなくて大丈夫でしょうか……？　あ、危険はないんですけど……」

ということは、どれだけ時間がかかろうが、マリアンヌの浄化はうまくいく。マリアンヌ本人にも危険はない。だが、つらくないわけではないだろう。

「……本人に聞きます」

一人目の浄化が終わったらしく、マリアンヌは二人目に取りかかっている。人数はざっと見た限り二十人ほどいる。今から全員を浄化しようとすれば、夜までかかるだろう。

水や食事を運ぶくらいなら、手伝ってもいい。配点されても低いだろう。

ちょうどひともまばらになってきた。歩き出したシルヴィアのうしろに、ロゼも続く。

「マリアンヌ様——」

「ふ……ふふ、これでまた点差は縮まりましたわ、シルヴィアにロゼ……！」

シルヴィアもロゼもその場で足を止めた。ふたりが背後にいることに気づかず、浄化を続けながらマリアンヌはあやしい笑みを浮かべている。

「ひとり浄化しても大した点ではない……ですが、塵も積もればなんとやら！　私が一位になる日も近い……！　何もできず指をくわえて眺めているがいいわ！　じりじり縮まる点差に震えながらね……！」

その場から、そのまま三歩あとずさって、シルヴィアは提案する。

「帰りましょう」

「そうですね」

ロゼは一も二もなく同意してくれた。

だが結局、シルヴィアとロゼは街から出られなかった。門に引き返したときは、既に検問が再開していたからだ。少女ふたりが保護者もなく街から出たら、怪しい者ですと喧伝するようなものだ。うまく逃げても顔を覚えられたら、今度は街に入りにくくなる。

妖魔馬は放置でも問題ないだろうが、連絡がとれないのはまずい。

さらに、宿をどうすべきかという問題も立ちはだかった。

「は？　うちに泊めろってなんの遊びだい。親は？　……あまり見ない顔だね」

そうじろりとにらまれては、「悪戯ですごめんなさい」とごまかして逃げるしかない。

ロゼいわく、この街には大小含め宿が三つあるそうだが、どこも同じ対応になるのは目に見えていた。

「私は野宿でも平気ですが……ロゼは？」

「だ、大丈夫です！　ロゼ、山村育ちなのでよく地面でお昼寝してましたから……あ、でも確か街の端に、もう使われてない礼拝堂があったはずです」

雨風がしのげる屋根と壁は、あったほうがいいに決まっている。シルヴィアは苦い顔でつぶやく。

「屋敷にあるのに、石と枝……」

「石と枝……？」

「野宿の準備に」

大体こっちという大雑把（おおざっぱ）な案内をしていたロゼが、立ち止まって振り向く。

「そうだ！　野宿の準備も、夕飯もここで買っていきましょう。カンテラとか！」

ロゼが指をさした先は大通りから続く路地だ。ちょうど、夕食に向けての売りどきなのだろう。長い路地に所狭しと色んな露店が並んでいた。立ち止まったシルヴィアは、目をぱちぱちさせて尋ねる。

「……ここ、全部お店ですか？」

「はい。ロゼもここでお買い物するのは、初めてです」

「買い物？」

つい固まったシルヴィアに、ロゼが無邪気に振り向いた。

「そうですよ。一緒にお買い物しましょう！　贅沢はできないけど……おねえさま？」

はしゃいでいたロゼに不思議そうに首をかしげられ、シルヴィアはおずおずと切り出す。

「……私、買い物、したことがなくて」

きょとんとしたロゼに、慌てて胸元から首にさげていた革袋を引っ張り出す。

「お金はあります。お父様にもらったから……」

何かあったときのために、持っていきなさい。そう言ってルルカは銀貨以外にもシルヴィアの服の裏側にも換金しやすい宝石を仕込むよう、スレヴィに命じていた。

「け、計算もできます。ただ、買ったことがないので……」

使用人が仕入れ先から買っている場面なら、屋敷の裏側からこっそり見ていた。店が売り物にならなかった商品を捨てるのを見逃さないために。

(でも、買い物をする、なんて)

立ち尽くしてしまう。野宿する、雨風をしのぐ、それだけで食事を買うなんて発想がさっぱりなかった――きちんと、お金は持たされているのに。

「……じゃあまず、ロゼが買いますね。なんにしましょうか!」

「あ、なら、お金……」

「ロゼももらってます！　ルルカ様から、何かあったらおねえさまを助けるようにって言われてますから」

「そ、そう……なんです、か」

なんとなく気恥ずかしくて顔をうつむけると、ロゼに手を取られた。

「ロゼもあんまり買い物したことないですけど、アークにぼったくりのお店の見分け方は教えてもらいました」

「ぼったくり……へ、変な買い物はしないように、ですね」

「ロ、ロゼ、絶対引っかかりそうです……」

いきなりロゼが自信をなくしたので、力が抜ける。でも、それで勇気は出た。

初めての買い物へと踏み出す。人混みにまぎれて離れてしまわないよう手をつないで、話し合った。

「鞄に入りきらなかった場合は？」

「大きめの軽い布が一枚あると便利ですよ。包んで持てるし、敷いたり、掛け布にもできます。たためば荷物にもなりません。ロゼの村ではそうしてました」

「じゃあそれと……火打ち石？　この気温と空気なら焚き火ができます」

「すごい。おねえさま、石で火がおこせるんですか？」

「……今度から出かけるときはちゃんと準備しておきます」

言いながら、反省した。やたらと物を拾うわりに、何も持たずにいることが癖になりすぎている。

（普通に生活するって、何かを持つことなのに）

大袈裟に決意したわりに、買ったものは大したものではなかった。夕食と朝食用の麦パンと干し葡萄、小さい瓶に入った小分けの山羊のミルクに、軽くて持ち運びやすいカップをふたつずつ。贅沢だとしたら、炙ったソーセージとお菓子兼非常食でクッキーを買ったくらいだろうか。シルヴィアが肩からさげた鞄とロゼが背負っている鞄におさまる程度の買い物だったが、ロゼの助言にしたがって大きめの布もそれぞれ買った。きっと掛け布代わりになるだろう。

　治安も悪くないらしく、変な店にあたることもなかった。火打ち石があるか聞いて、どこの田舎者だと笑われてしまったくらいだ。マッチが売られていると教えられて、恥ずかしい思いをした。カンテラもひとつ、携帯しやすそうな軽くて小さい物を買った。

それでもルルカからもらったお金の半分も使っていない。残ったお金を数えて、シルヴィアは呆れる。

「お父様、持たせすぎです……」

「ですね。ロゼのはまるまる残ってますし……」

宿代も入っていたのかもしれない。買い物を終わらせて気が大きくなったので、大通りに戻ってパイ売りからパイをひとつずつ買った。それをかじりながら、本来の目的地である礼拝堂へと向かう。

綺麗に舗装されていた石畳の道に雑草が見え始め、建物の影より木陰のほうが多くなってきた頃に、その礼拝堂は現れた。

石畳の細い道は続いているが、ほとんど雑草に埋もれている。礼拝堂の周囲には申し訳程度に低い木の柵があるが、それも朽ちていた。

建物自体、大きく壊れている様子はない。だが壁の塗装ははがれているし、蔦が伸びて巻き付いている。背後には大きな木があるようで、屋根には木の枝がからまっていた。てっぺんにある鐘は取り外されていて、なんだか背徳感がある。

正面口に立ち両開きの扉に手をかけると、意外とあっさり開いた。

中は真っ暗だが、覚悟していたほど、ほこり臭くもない。

「意外と綺麗ですね」

「近所の子どもがよく遊んでるって聞きました」

中に入ると、礼拝堂らしく真ん中に通路、横長の椅子がたまに欠けたり斜めになりつつも並んでいた。祭壇の斜め横に三角形になるよう長椅子が置いてあるのは、子どもの遊びの跡かも知れない。ちょうどいいと、そこを使うことにする。

運のいいことに、裏手には井戸もあった。水をくみ上げ、飲めるのを確認して、戸棚で見つけた干からびた雑巾を使って寝る場所だけ拭く。窓をあけて換気もしておいた。それが終わった頃にはもう日が沈み始めていた。

窓は全部閉めて、カーテンが引けそうなところは引いておく。正面の扉の取っ手には外で拾った柵の木を閂代わりに入れ、裏口の鍵をかけておいた。危険はないとロゼは言うが、ロゼがわかる危険はいわゆる暴力だ。暴力じゃなくても危険なことはたくさんある。せっかくのお金を盗まれるとか。

外から中にいるとはわからないようカンテラを床に置いて、食事をすませる。温かくはないがおいしかった。パンにソーセージをはさめば、もうご馳走だ。

「おねえさま、大丈夫ですか？　ベッドも何もない場所で寝るの……」

「慣れてます」

シルヴィアのあっさりした返答に、ロゼがまばたく。ロゼはルルカに拾われてからのシルヴィアしか知らない。買い物をしたことがないというのも、きっと世間知らずだからだと思われているのだろう。

「私、お父様に拾われるまでゴミを漁って生活してたので」

「……やっぱり、おねえさまとルルカ様は血がつながってないんですね」

「私は正真正銘の人間です」

かじりかけの麦パンを見つめながら、シルヴィアは息を吐き、言い直した。

「私の名前は、シルヴィア・ベルニアです」

カンテラの向こうにいるロゼの大きな目がこぼれんばかりに見開かれた。

「ベルニアって……あの、聖爵家の、ですか。じゃあおねえさまは……」

「ベルニア聖爵家の姉妹。妹は天才聖女で、姉は聖女失格。聞いたことは？」

少し迷ったあとで、ロゼは小さく頷いた。

「噂、だけなら……」

「その姉が私です。……ベルニア聖爵家にいた頃と比べればここは天国です」

ロゼが黙って、飲み干してしまったカップに山羊のミルクを付け足してくれる。

「朝食にとっておくのでは？」

「最近あったかくなってきたので、だめになるかもしれませんから」

気を遣ってくれたのだろう。有り難くシルヴィアは受け取りながら、続ける。

「気にしないでください。あなたも色々あったでしょう」

「ロゼは……でも、なんだかんだ、運がいいですから。確かに悲しいこともあったけど、アークにもおねえさまにも会えたし」

「妖魔と関わることになっても？」

「すごいことですよ。だって妖魔に襲われるんじゃなく、お世話になれるなんて」

そういう考え方もあるか。

「でも、普通の人間の生活とは全然違います」

「普通……でも、ルルカ様なら、おねえさまの応援をしてくれますよ」

「なら、聖女をやめたいです。あなたもでは？」

「……ロゼは……どうでしょう。皇帝選は放っておいても必ず終わるから……」

びっくりしてシルヴィアは膝の間に埋めていた顔をあげた。

確かに、皇帝選は必ず終わる。どんな結果であれ、いつかは終わるのだ。

「おねえさまは皇帝選、終わったらどうするんですか？　何かなりたいものとか」

正面からの問いに、詰まってしまった。それで気づく——普通になりたい、そう思っていたけれど、ちゃんと考えたことがなかった。

持ったままではいられずに、捨ててしまったからだ。

なりたいものとか、夢とか、そういうもの。自分の未来への選択肢(せんたくし)だ。

「……ロゼには、ありますか？　なりたいもの」

「ロゼは、いつか素敵なひとのお嫁さんになって、のんびり故郷で家族ですごせればって思ってたんですけど……」

たとえ故郷に戻れたとしても、もう同じ夢は抱けない。笑ってごまかしたロゼは、自分の淡い夢が砕(くだ)けたことをきちんと知っている。

「でも、今は……アークのこともあるし、色々勉強したいなって思ってます。だからまずは目の前のことを一生懸命、頑張ろうって」

「目の前のこと……ですか」

「その間に見つかるだろうなって。あ、アークはとっても頭がいいから、いっそ妖魔や瘴気の研究者を目指そうとしてるみたいです」

賢い選択だ。そうすれば多少妖魔との交流があることも見逃されるだろうし、ルルカの支援も受けられるかもしれない。

「すごいな、ロゼも置いていかれないようにしなきゃって、焦ります」

ロゼの感想はそのままシルヴィアの感想だった。

（アークだって妖魔に取り憑かれたくなかったはず。そういう意味では、私と同じ……）

だがアークは現状を受け入れて、考えて、今選べる道を選ぼうとしている。

シルヴィアは、同じことができているだろうか。

明日はベルニアからくる聖女の確認と、街から出る方法をさがすことになる。早朝から動くのもいいだろうと、早めに就寝することにした。

疲れているのか、あっという間にロゼは寝入ってしまった。

変に考えこんで寝付けずに、シルヴィアは暗闇の礼拝堂でひとり、起き上がる。

外套を取り、無言で窓辺に立った。広い星空が見たくなったのだ。大きな窓のひとつに立ち、ぼろぼろのカーテンの隙間をそっと広げてみる。

すると上からいきなりびろんと人影が落ちてきた。

逆さまのルルカだ。

「――～～～～ッ!?」

咄嗟(とっさ)に両手で口を塞いで悲鳴を殺した自分を、えらいと思う。当の本人は相変わらず無表情で、人差し指で窓の鍵(かぎ)をさした。あけろ、と言いたいらしい。

だがすぐ近くでロゼが眠っている。シルヴィアは急いでカーテンをしめて、深呼吸してから裏口をあけた。そうして外に出て、先ほどの窓のほうへ回る。

綺麗な宙返りをして地面に着地したルルカと、ちょうど目が合った。

「心配で見にきてしまった」

その第一声に「何しにきた」とか「登場の仕方がおかしい」とか、そういう文句が吹っ飛んでしまった。

「無事に見えるが。怪我(けが)や、困ったことはないか?」

「……何も」

「そうか。俺はやはり心配性なようだ」

ルルカの前に立って、シルヴィアはうつむき加減に口を開く。

「……子どもが連絡もなく戻ってこなかったら……心配する親もいると、聞いたことがあります」

「聞いたことも何も、ここにいる」

「……心配かけて、ごめんなさい。ありがとうございます」

連絡がなくて、不審に思ったのでも迷惑に感じたのでもなく、心配してくれた。

——それくらいは、わかるようになっている。

ぱちりとルルカがまばたいた。

「どうした。いきなり素直だな」

「……でも、きてくれと頼んでません」

一応つけたしたシルヴィアに、ルルカが口元をほころばせる。

「そうだな。俺が勝手に、心配できたんだ。アークも心配していた、ロゼを」

「ロゼは中で寝ています。危険はないと聞いています」

「そうか。スレヴィには放っておけと言われたのだがな……多少世間知らずでも、切り抜ける程度の知恵はつけさせていると」

そんなふうに、育てようとしてくれているのか。ひねくれずに、すとんと胸に落ちた。

「確かに、俺も人間のひとりやふたり、いや下級妖魔の集団くらい軽く叩きのめせるようお前を鍛えた自信がある。中級妖魔でも問題ないはずだ」

「そういうお話は不要です。……検問の目を欺いて街を出るのが難しかっただけです。それに明日ベルニア聖爵側から聖女がくるそうなので、帰宅はその確認後でいいかと」

「それでも、連絡がないと心配する。今度からそういうときでもこちらに連絡できる方法を検討しよう。お前もきちんと考えるように」

視線をどこに定めたらいいかわからないまま、シルヴィアはぎこちなく頷き返した。

「お父様はどうやってここに？　検問は」

「壁を飛び越えてきた。今度、お前もやってみなさい」

絶対にやらないし、できるとも思いたくない。

「それで、問題は検問だけか？」

気を取り直したシルヴィアは、街中に瘴気が発生したことを告げる。そこがルルカが襲われていた場所であったことも付け加えておいた。

「領主が聖女の結界を壊すか。妖魔が出るほどの瘴気は想定外だっただろうが、まあ聖女への不信を煽るにはいい作戦だ。瘴気は人間の不信や悪意も増長させる。それに、瘴気だらけになれば俺とお前は有利に動ける」

「一緒にしないでください。私は普通の人間で――」

ルルカが不思議そうに首をかしげる。いつもならくる文句がこないからだろう。

「どうした」

「私、本当は何になりたかったのかと。……いえ、普通の人間でいたいですが」

それだけは念押しをしつつ、先ほどの違和感を口にする。

「本当は、あったはずなんです。なりたいもの。……子どもの頃は、聖女になって周囲を見返してやりたいとは思ってましたし」

「今、お前は聖女だ。ある意味、叶ったのでは？」

「今更です。いかにその夢がくだらないか知りすぎました」

聖女にまつわる物事に失望したあとで、さあ聖女ですと言われても感情はさめるばかりだ。少しも、よかったとは思えない。

「なら、どんな聖女が理想だったんだ？」

「……え？」

「周囲を見返してやりたいと言ったが、お前は賢い。それだけではなかったはずだ」

買いかぶりすぎだ。親馬鹿っぽいと思ったが、ルルカの目は真剣だった。

「自分なりの聖女像があっただろう。それは、どんなものだったんだ。どんな聖女になって、周囲を見返してやるつもりだったんだ？」

「……最強の聖女です」

「すべての未来でも視たかったのか」

どうせ子どもの頃の、夢物語だ。シルヴィアは捨てたものを拾うような徒労感をまじらせて、投げやりに答える。

「魔力だ聖眼だ血統だ、そういう決まりきったことを全部覆せるような……不可能を可能に変える、そんな未来をくれる聖女です」

そういう聖女になれると思えば、希望を失わずに頑張れる。

だが所詮、自分が救われたいだけの願望だった。自嘲が浮かぶ。

「未来を変えるだけではなく、自分のほしい未来を選べる聖女か。――なるといい」

ルルカの肯定があっさりしすぎて、意味を呑みこむのに時間がかかった。そのあとで、妙に焦る。

「む、無理です！」

「無理じゃない。やってみなさい」

「子どもの頃の不相応な夢です。今の私は、ただ、普通に生きていければそれで」

「お前は普通でいいのだと言うとき、いつも諦めている」

断言されて、息を呑んだ。ルルカが静かにシルヴィアに告げる。

「よくない癖だ、直しなさい。俺がいる意味がなくなる」

「お、お父様がいる意味、なんて……」

いつものように皮肉ろうとしたが、口調に力がない。対するルルカは堂々としている。

「お前が失敗したときは助けてやれるし、成功したときは祝ってやれる」

答えてから、ルルカは難しい顔になった。

「……意外とやれることが少ないな？」

「い、いえ！」

大声で否定はしたものの、シルヴィアはうつむいた。うまく言葉が続かない。

自分が失敗したときに助けてくれて、成功したときは祝ってくれる。そんな存在がどんなに贅沢なものかくらい、わかる。失敗したときは責められるか喜ばれる。成功しても嘲笑されるか貶められる。それが常だったから。

「う、嬉しい……んだと、思います」

それはいつか失った『期待』だ。

「ならいいが」

「……お父様は……私がものすごく、強い聖女になったら、嬉しいですか」

「それは、もちろん」

――だったらなってもいい、かもしれない。そう思うのは、普通なのか。

誰かを喜ばせたい。このひとが喜んだら、自分も嬉しい。そんな感情を持つ自分が普通なのかわからないまま、問いかける。

「わ、私、なれますか……」

「なれる。俺の娘は賢いし能力も高い」

「でも、大した聖眼では……どうすれば、なれると」

「それは自分で考えなさい」

「……。肝心(かんじん)なところは丸投げですか」

信じられない暴挙に一気に気分が下降した。ルルカが真顔で返す。

「頑張るのはお前だろう」

「煽(あお)っておいて無責任では……」

「もちろん、ありとあらゆる困難に立ち向かえるよう鍛えてやるが」

「いりません」

「ほら、お前はいつもそう言う。受け止めようとしない」

自分が悪いとでもいうのか。むっとするシルヴィアをなだめるように、ルルカは優しい笑みを浮かべた。

「本当に、感情が顔に出るようになってきたな」

そうなのだろうか。自分で自分の顔をさわってみるが、わからない。

すっとルルカの指がシルヴィアの髪をつまんだ。

「髪も伸びてきた。娘というのは、少し目を離しただけで成長する」

「一日もたってませんが」

笑ったルルカの指先がそのまま離れてしまう。それをさみしく思ったことが恥ずかしくて、シルヴィアは外套をかぶり直した。

(頭をなでて、今日は頑張ったとほめてください、なんて)

言ったことがない。だから、言えない。

でもこの偽者の父親は、何も言わなくても見透かしたみたいに、頭を軽くなでてくれるのだ。

「そろそろ中に入るか。冷えるだろう」

「……まさか、お父様もここに残るつもりですか？」

「でないとお前、検問をロゼと一緒に出られないだろう。それに、お前に読み聞かせをしないといけない」

ルルカが礼拝堂の裏口へと向かう。嘆息して、シルヴィアはそのあとに続いた。

「本がありません」

本当はもうひとりで本を読めるのに、出てきたのはそんな言葉だった。

「物語には口伝もある」

「……ロゼが寝ています」

「起こさないよう気をつけよう」

なんとしてでも聞かせる気らしい。

読み聞かせが最初にやった『親らしいこと』だったからか、ルルカはこの慣習を頑なに守ろうとする。

しかたないと、シルヴィアは甘んじて受け入れることにした。——しかたないということの気持ちが、親子らしい感情だというのは、わかっていた。


翌朝、ルルカの姿にロゼは驚いたものの、これで安心ですねと嬉しそうだった。

街に特に変わったことはなさそうなので、ベルニア聖爵家側から派遣されてきた聖女を確認して帰るということで一致した。

朝食はルルカの分がないのでロゼが買い出しに行こうとしたが、ルルカはそのパンを持っておくようにいい、大通りに面したお洒落なカフェへ連れてきてくれた。

シルヴィアはもちろん、ロゼも初めてだ。

きらびやかなメニューの絵に目を奪われている間に、ルルカは珈琲(コーヒー)と芋(いも)のタルトを食べてしまっていた。それでもまだ注文を決められないシルヴィアとロゼに、さすがにつきあっていられないと思ったのか、保護者の顔で言う。

「また連れてきてやるから、朝食とデザートをひとつずつにしなさい」

「ひとつ……」

難題にシルヴィアは唸(うな)る。サンドイッチにするかパイにするか。このハンバーガーという食べ物は何だ。ケーキだって何種類もある。

「ど、どうしましょう。パフェもあります、おねえさま……！」

シルヴィアとロゼの苦悩にルルカは嘆息し、ベルを鳴らしてウェイトレスを呼んだ。

「お子様プレートふたつ」

「お父様、勝手に決めるのは横暴です！」

「プレートも選ばなければいけないだろう。オムレツかハンバーガーか。デザートも、プリンかパイか決めなさい」

「えっ……じゃ、じゃあロゼは……ハンバーガーにパイで！」

「わ、私は……オムレツ、デザートはプリン！」

無事に注文を終えてほっとしてから「互いに少しずつ交換すればいい」とルルカから提案されて、その手があったかと目を輝かせる。

そうこうしている間に、店の前の大通りを豪華な飾りをつけた二頭引きの馬車が走っていった。珍しいのか、大通りで足を止めて見ている者もいる。

「領主様の馬車です」

ロゼの言葉に、門へ向かう馬車を目で追っていたルルカが腰を浮かせた。

「聖女の出迎えだな。追うか」

オムレツをすくっていたシルヴィアの手からスプーンが落ちた。

それを目撃したルルカは眉をひそめたあと、椅子に座り直して頬杖をつく。

「……わかった。追わないから、食べなさい」

「い、いい、ですか」

「かまわない、どうせ噂も出回るだろう――ほら、デザートがきたぞ」

目の前にプリンを出されて、こくこくと頷く。ロゼがくすくすと笑った。

「ルルカ様は、優しいですね」

眉をひそめたが、待ちかねたデザートが先、反論はあとまわしだ。

再度、大通りがざわめいたのは、会計をすませて外に出たときだった。今度はのんびりしたものではない、切羽詰まった声だ。

「おい、昨日の場所からまた瘴気が出たって」

「また妖魔も出たらしいぞ！」

ルルカは弾かれたように顔をあげたが、シルヴィアとロゼを見て少し考えこんだ。何を迷っているか察して、シルヴィアはすぐ声をあげる。

「いってください」

「……だが、お前たちふたりで大丈夫か」

「鍛えたのでは？」

それを疑うのかと見返すと、ルルカは長く息を吐き出した。

「わかった」

とんと軽く地面を蹴ったルルカは、建物の上を飛んでいってしまう。シルヴィアはロゼに向き直った。

「とりあえず私たちも様子を見にいきましょう」

「は、はい。あ、でも馬車はいいんですか？」

「瘴気が出ているなら、そこに聖女もきます」

励ますように頷き合い、ロゼと一緒に走り出す。

公園まで距離はそうないはずだが、瘴気の情報が回っているのだろう。逃げるようにやってくる人々の流れと逆に進もうとしているせいで、うまく進めない。

それでもなんとか、広場が見える曲がり角を曲がった。

だが、シルヴィアの目に入ったのは、公園ではなく瘴気だ。

「お、おねえさま、これ……！」

昨日までの瘴気とまったく違う。

黒い煙が雲のようにもくもくと噴き上がり、広場を覆い隠している。なんとか這って瘴気が薄い場所を目指す老人と、それを踏みつけて逃げてくる男。責めるにもその顔も真っ青だ。気を失ったのか、倒れた女性の足が見える。上半身は瘴気で見えない。

それでもなんとか広場だけに留まっているのは、結界があるおかげだ。それでも溢れ出す瘴気を止められていない。

「おい、どうなってんだよ結界は！　あのえらそうな聖女はどうした⁉」

「あの女なら倒れてるよ、公園の真ん中で！　ほっとけ！」

「いいから早く逃げろって！」

兵がきている様子はない。まだ領主に情報が伝わっていないのだろう。そのせいで皆がばらばらに動いて、避難も救出もめちゃくちゃだ。

「おいだめだ、諦めろ！」

「離して、子どもが公園で遊んでたはずなの！」

突き飛ばされて子どもが泣いている横で、自分の子どもを助けに行こうと止められている女性がいた。

「お、ねえさま……」

脅えるロゼの気持ちがわかる。

（聖女だと名乗り出れば、耳を貸してくれるひとはいる。手を貸してくれるひとも）

だが、自分たちは正しく対処できるのか。

ただ、未来が少しわかるだけの自分たちが。

立ち尽くそうになったそのとき、煙のようにあがっている瘴気の中から、飛び出してきた者がいた。ルルカだ。

何人か人を背負っている。泣いている子どもその腕に抱えていた。瘴気の中に飛びこもうとしていた女性が、転がるようにして駆けてくる。

「ああ、坊やよかった！　ありがとう、ありがとうございます……！」

「ここもいつまで安全かわからない。もう少し離れなさい。他も運んでやってくれ」

抱えていた人間を地面におろし、ルルカは立ちあがる。ルルカの運んできた人間を何人かが抱えながら、叫んだ。

「お、おい。どうする気だ！」

「まだ中にいる。助けてくる。何人か残っていてくれると助かる」

「でも妖魔が出たって」

「問題ない」

そう言い捨てて、ルルカはまた地面を蹴る。その一瞬、すれ違うようにシルヴィアと視線が交差した。

だが、それだけだった。

励(はげ)ましも、指示もなかった。

よかったと思うべきだ。目立ちたくないし、今になって聖女ぶりたくもない。妖魔皇の心臓をさがすだけ。できないことはできない。

——でも。

ぎゅっとシルヴィアは目をつぶったあとで、ぱんと両手で頬を叩く。

（こんなところで逃げ出すために鍛えられたわけじゃない！）

「ロゼ、あなたは逃げてきたひとに安全な場所を教えてあげてください。私が瘴気をなんとかしてきます」

「は——はい！」

自分たちにできるか否か。わからない。普通の状況ではない。

でも——普通というとき、自分は何かを諦めている。それがきっとなくしたものだ。

だから何も考えずに、足が向かう方向に駆け出した。

ざわめく周囲を置き去りに、まっすぐ——瘴気の中、広場の中央へ。

（まずは瘴気をなんとかしないと）

何人いるかわからない、倒れている人々を運び出すよりも、瘴気をなくしたほうが助かる確率があがるはずだ。

煙かと思うほどの濃い瘴気を、思い切って吸いこむ。まったく問題なかった。鍛えたおかげだと思って、苦笑する。視界も外から見たほど悪くない——いや、魔力で補って気配をさぐればいいのだ。目隠しして妖魔熊から逃げ切ったときのように。

すぐに目当ての人物は見つかった。マリアンヌだ。倒れているが呼吸はしている。だがその周囲に、チチチチと音を鳴らして小さな下級妖魔がまとわりついていた。

「離れなさい！」

怒鳴ったシルヴィアに、下級妖魔が視線を投げた気がした。だがにらみかえすと、下級妖魔はふっと消える。

妖魔皇様々だ。

そう思いながら、マリアンヌを揺さぶった。

「マリアンヌ様、しっかりしてください。マリアンヌ様！」

「……う……」

瘴気を取りこんで浄化できるのだから、体質的には瘴気に強いはずだ。強く呼びかける。

「成績が落ちますよマリアンヌ様！」

「なんですって⁉」

かっとマリアンヌが両眼を見開いた。

「今、私は何点⁉　何位⁉」

「三位です、マリアンヌ様」

「よかっ……よくないわ！　まだ一位じゃない……って、あなた。どうしてここに」

「お手伝いにきました。魔術の心得ならあります」

シルヴィアの言葉に、起き上がったマリアンヌが眉(まゆ)をひそめる。

「あなたが？」

「はい。結界はどうなったんですか」

「妖魔に壊されてしまって……私自身にも攻撃してくるものだから、張り直すこともできずに……っおのれ妖魔！　私の点数が妬ましいの⁉」

よかった、元気だ。急いでシルヴィアは話を戻す。

「私が妖魔を止めます。結界をお願いできますか」

信じてもらえなくても勝手にやるだけだが、協力できたほうがいいだろう。だが、シルヴィアをじっと見つめたあと、マリアンヌは颯爽と立ちあがって言った。

「わかりました、まかせます」

これにはシルヴィアのほうが驚いて、マリアンヌを見あげてしまう。

「信じてくださるんですか」

「でなければ、こんなところに飛びこんではこないでしょう」

このひとは、口先や見た目ではなく、ひとの行動を評価するのだ。

きっと瘴気をねめつける横顔が、凜としている。これもあるべき聖女だ、と不覚にも思ってしまった。

「さあ、私の点数になるがいい、瘴気！」

こういうところはどうかと思うが。

「お手伝いします」

「少し時間がかかるわ」

そう言ってマリアンヌは深呼吸し、両手を組んだ。マリアンヌを中心に、足元に大きな光の円ができる。そしてその中を、光の線が走って模様を描いていく。

結界の気配を感じたのだろう。濃い瘴気の中から手のひらサイズの小さな下級妖魔が飛び出してくる。身構えたシルヴィアは、手のひらに魔力を集中させた。

手ぶらでも戦えるようその場で武器を錬成する。基礎だと教えこまれた魔術だ。

（本当に基礎かどうか、今は考えない！）

剣というには小ぶりなそれを横になぎ払う。剣にまとった魔力に触れただけで小さな妖魔は蒸発するが、何せ数が多い。

「私が誰の娘か、わかっていますか」

とりあえずそう警告してみるが、妖魔たちは攻撃の手をゆるめる手配がない。

意外とあの父親は役に立たない。

そう思った瞬間、背後から短剣が飛んできた。魔力を帯びたそれは地面に突き刺さった瞬間、周囲の妖魔たちを一掃する。

「今、何か失礼なことを思わなかったか」

上空からおりてきたルルカに、シルヴィアはぶんぶん首を横に振る。

「ならいいが。――おそらくこれで最後だ」

短剣を魔力で操って鞘にしまったルルカは、地面を蹴って飛んでいってしまった。見ればその背中にはまた何人か担いでいる。人助けを優先しているのだろう。

あとは結界ができればいい。まだかと振り向いたそのとき、かっとマリアンヌが両眼を見開いた。

「いきますわよ、高得点！」

聖女の足元の模様が光り輝き、ぶあっと瘴気が舞い上がった。上空を見あげながらシルヴィアは聖眼を起動する。念のためだ。

これから先、何が起こるか視(み)ておかねば——その瞬間、シルヴィアはマリアンヌに向かって体当たりをしていた。

「なっ……にを、結界をまだ……っ」

結界の中心から芝生(しばふ)に転がったマリアンヌは身を起こしたあと、唐突(とうとつ)に上空から降ってきた細い剣に息を呑んだ。

先ほどまでマリアンヌがいた場所だ。シルヴィアが視た数秒先では、マリアンヌごと貫いていた。

マリアンヌは助けられた。だが、瘴気をまとって飛んできた剣は結界をつなぐ光の線を断ち切ってしまう。

「わ、私の結界が……っ」

「え、今のでだめになったの？　意外と役に立たないね、デルフォイ聖爵家の聖女は」

頭上から聞こえた声に、シルヴィアは固まった。

姿は見えない。だが声のほうからして、上だ。視界を真っ黒に染め上げている瘴気の向こう。影も見えないが、明るい声だけが届く。

「まあいいよね。あんな結界じゃ、ただの時間稼ぎにしかならないし。一気に吹き飛ばしたほうが早いでしょ」

「……ずいぶんえらそうにおっしゃりますが、どちら様かしら！」

「ボクが誰かって？」

少し幼い、物怖じしない声。間違いない。

マリアンヌの横から身を引き、シルヴィアは顔を隠すように外套をかぶろうとして、思いとどまった。少し動きがにぶい手を握りしめて、顔をあげる。

その瞬間、周囲が真っ白に染まった。咄嗟に両腕を交差させて目を庇う。だが本当に一瞬だけだった。すぐに清涼な空気が鼻腔をくすぐり、柔らかい風が頬をなでていく。

目を開いた先に、もう瘴気はない。上を見ても、澄んだ空気と晴れ渡る空が見えるだけだ。

「はい、終わったよ」

「そん、な……」

一瞬で瘴気が消え失せたことに衝撃を受けたのか、マリアンヌが呆然としている。

「なになに？　びっくりしちゃった？　まぁ、こんなことできるのボクくらいだもんね」

「――どこの、どなたかしら」

「えーまだわかんないかなぁ、ボクだよ。プリメラ・ベルニア」

ゆっくり立ちあがったシルヴィアは、顔をあげた。広場の出入り口付近になった時計台の上だ。

そこにプリメラはいた。

数か月前とそう変わらない姿だ。相変わらず長い髪を頭の上でひとくくりにして、笑っている。

「やっぱり生きてたね、お姉様」

でもその目は、いつだってシルヴィアを見下している。

「……おかげさまで」

「ねえ、ボクから逃げられると思った？」

口端を持ち上げて、生まれながらの天才聖女は舌なめずりをするように笑った。

第五章　家族ノ終焉

プリメラが公園から向かったのは、領主の館だった。我が物顔で館の扉をくぐり、天鵞絨（ビロード）が敷かれた廊下（ろうか）を進む。

「嬉しいよ、お姉様が元気そうで！」

はしゃいだ足取りで進むそのうしろに続きながら、シルヴィアは唇を引き結んだ。

心情がそのまま歩調に出て、自然と足は遅くなる——だが、背後には廊下をふさぐように分厚くプリメラの護衛が並んでいる。手足こそ拘束（こうそく）されていないが、逃亡を許してくれる気配は感じられない。

浄化が終わった公園も、既にベルニア聖爵家がつれてきた兵に取り囲まれていた。おそらく今頃、街のあちこちに兵が配備されているのだろう。

（……逃げることは……できるかも、しれないけれど）

見つかった以上、ベルニア聖爵家は追いかけてくる。なら無闇に逃げる前に、きちんと情報をつかんだほうがいい。

ロゼやアークやスレヴィや——ルルカを、巻きこむ前に。

「お父様とお母様もきっと喜ぶよ。いきなりお姉様がいなくなってずいぶんうろたえてたからさあ。ジャスワント様も青ざめてて」

「……そう」

「お姉様が敵になるんじゃないかってさ。そんなことあるわけないのに、ね！」

言葉少ななシルヴィアにかまわず話しかけるプリメラは、相変わらずだ。

「それで、今までどうしてたの？」

両開きの扉を開き、豪華な応接室に先に入ったプリメラが、くるりと回ってシルヴィアに振り向いた。背後の扉が閉められ、扉はもちろん窓や逃げ出せそうな場所を複数の護衛が固める。

注意深く、シルヴィアは答えた。

「……ありとあらゆる未来が視(み)えるあなたなら、聞かなくても視えるのでは？」

「お姉様の口から聞きたいんだ」

そう簡単に聖眼の力については漏(も)らしてくれないらしい。

ああ、とわざとらしく、今思い出したようにプリメラが手を打った。

「そういえば、現時点での皇帝選一位はシルヴィアって名前の聖女なんだよね。これってお姉様のこと？　つまりお姉様の目に聖痕が出た？　魔力、ないんじゃなかったの？」

口をつぐんでいると、いきなり乱暴に外套(がいとう)をつかまれた。

「ねえ、どうなの。目、見せてよ」

以前ならされるがままに放っておいた。どうせ聖痕は魔力で隠している。

だが反射的にシルヴィアは、プリメラの手をはねのけていた。

ぽかんとしたプリメラは、すぐに弾けるように笑い出した。

「ごめんね。つい、焦っちゃってさあ。なんでかな……ああ、うん。きっといつものお姉様と恰好が違うからだ！　髪、綺麗に切ったんだね。似合ってるよ。背も伸びた？」

「……みたいです」

「それに可愛いよね、そのスカート。靴も、鞄まで持ってさ」

ぐるぐるとシルヴィアの周りを回って観察したあと、プリメラがふと声を低くした。

「誰にもらったの？　今まで、誰といたの？　ボクが心配してたのに」

「……聖眼で視てください」

視られるのか、という意味をこめて再度言うと、プリメラの笑顔が消えた。

「さっきから、なんで答えてくれないの。ボクが聞いてるんだよ？」

どん、と突き飛ばされたが、よろけただけで踏ん張った。それが気に入らないのか、プリメラが顎を持ちあげる。

「ボクはお姉様のことすごく好きだけどさあ、刃向かわれるとすごくむかつくの、知ってるよね？　わかっててやってるなら、お姉様が悪いよね」

「……その理屈はおかしいです」

「は？　言い返すの？　ひょっとしてボクがいない間に何か勘違いした？　ならいいや、

脱がしちゃって。そのかっこ、似合わないし」

「――ちょっ！」

背後からふたりの護衛に腕と肩をそれぞれつかまれ、床に押さえこまれた。外套をはがれ、さすがにぎょっとする。

「なに、を――離しなさい！」

「お姉様が悪いんじゃん。ボクに内緒にするから。鞄の中は……カンテラ、マッチ？　へえ結構、ちゃんとした旅支度だね。カップに固形パン。うっわ、安い布」

中身をぽいぽいと捨てられ、床に転がっていく。その光景はシルヴィアに怒りより心細さを思い出させた。

取りあげられてしまう。大事なものは、自分のものは、全部。

「まぁ、ボクはお姉様なら聖女になるかもとは思ってたよ？　だってボクのお姉様なんだからさー、そうでなくちゃ楽しくないよね。一位になってるのがお姉様かもってお父様たちは真っ青になってたけど、ボクは違うよ。さすがお姉様って思ったし！　あ、鋏ちょうだい。鞄、邪魔だよね」

兵から鋏を受け取ったプリメラがしゃがみこみ、鞄の肩紐を切った。

じゃきんと今までを断ち切っていくような音に、たまらずシルヴィアは叫ぶ。

「恰好が気に入らないなら着替えます！　それなら……」

「だめだよ、なんか勘違いしてるでしょ」

シルヴィアの髪の毛をつかんでもちあげたプリメラが、しゃがみこんで笑う。

「ボクに勝てるかも、とか。ボクから逃げて暮らせるかも、とか」

「……！」

「どんな形でも希望を捨てないお姉様のこと、ボク好きだよ。尊敬してる」

鞄を剝ぎ取ったプリメラが、じゃきんと音を立ててつかんでいた髪を切り捨てた。

「あーあ、せっかく綺麗にそろってたのに、残念だね」

床に顔面をぶつけてから、シルヴィアは目を閉じる。唸った。

「……間違ってた」

「え？　なになに、今日はもうこれで降参？」

「ベルニア聖爵家から……聖女から、あなたから逃げられたら助かる。適当にやりすごせば、普通に暮らせる、なんて」

でも、逃げてはいけなかったのだ。もう二度と逃げなくてもいいよう、育ててもらったのだから。

「離しなさい！」

だから、もう屈しなくていいはずだ。叫んだシルヴィアは力任せに、自分を拘束する手を振り払う。そうするとものすごい爆風で、壁まで護衛が吹っ飛んでいってしまった。

しんと周囲が静まるが、ぽかんとしたのはシルヴィアも一緒だ。小柄な自分が屈強なふたりの護衛を、振り払っただけで壁まで飛ばしてしまったのだから。

(……どうなってるの、私の魔力と筋力)

だがこれなら逃げる――いや、ここから堂々と出られる。

紐の部分が切り捨てられた鞄を拾い、埃を払った。

「なんだ、今の音は!?」

「プリメラ、シルヴィアが見つかったというのは本当!?」

周囲にぶちまけられた物を、ひとつずつ入れ直しているところに、両親が駆けこんできた。そしてシルヴィアを見るなり、顔色を変える。もはや懐かしさすら感じる姿だ。

「シルヴィア、お前……っ何をした！」

「プリメラ、大丈夫？　こちらにきなさい」

「大丈夫だよ、過保護なんだから。ね、お姉さ――」

父親にかばわれ、母親に抱きよせられたプリメラが、いつもどおり勝ち誇った顔でシルヴィアを盗み見しようとして、途中で止まった。

多分、感情が顔に出ているからだと思う。いつもプリメラが望んでいた言葉を、嘲笑まじりで付け加えてやる。

「お優しい両親で羨ましいです」

「……お姉様にとっても、両親でしょ」

プリメラがそう言うので、改めて両親を見る。久しぶりに見る父親も母親も、どこにでもいる中年の冴えないお貴族様にしか見えなかった。もっと威厳や美しさや、押しつぶされそうな圧があった気がするのだが、拍子抜けだ。

せめて懐かしさくらい感じるかと思ったのに。

「お前、今までどこで何をしていた。勝手に逃げ出すなど、この恥知らずが！　どこまでベルニア聖爵家の名前を汚す気だ！」

だからいきなり父親に怒鳴られても、なんとも思わない。

「なら、絶縁でもしておいてください」

「なんだと、この恩知らずが……！　そうだ、あの皇帝選にあるシルヴィアという名前はなんだ。まさか本当にお前なのか⁉」

「はい」

「せ、聖眼が使えるっていうの……お前が……？」

母親が青ざめて震えている。逆に父親は顔を赤らめて怒り出した。

「なら、なぜさっさと──いや、かまわん。どうせうちの点だ。お前がプリメラに協力するならそれでいい」

そう口にすることで少し落ち着いたのか、父親の口調が落ち着いた。

「どこの皇帝候補と誓約したが知らないが、さっさと破棄するぞ。聖殿へつれていく」

「お断りします」

「なんだと。聖女になれたからと調子にのるな、わきまえろ！」

散らばった持ち物を鞄の中に入れ、留め金をしめて、シルヴィアは、立ちあがった。

「私は帰ります」

「どこへ！」

「ここだ」

静かな声と一緒に扉が派手な音を立てて開いた。ついでに見張りの兵が蹴り飛ばされて転がる。ぱちりとシルヴィアはまばたいた。

「お父様」

「どこに消えたかと思ったら、お前は本当に目が離せない娘だな」

しかめっ面で部屋に入ってくるなり、ルルカは大きな溜め息を吐いた。

「今度から門限を決めておくか。怪我は？」

「ありません」

ルルカはシルヴィアの鞄や髪に目を細めたが、追及は後回しにしたようだった。

「まあいい。用事はすべてすんだ。帰るぞ」

「お前！　何者だ」

「この娘の父親だ」

断言されたシルヴィアの父親が目を白黒させたあと、怒鳴り直す。

「そ、その娘の父親は私だ！」

目を丸くしたルルカが、怒鳴った父親とシルヴィアを見比べてつぶやいた。

「……。よかったな、似てなくて」

「ど、どういう意味だ!?」

「育てる気がうせたかもしれないという話だ。そうか、これが実の父親か……」

ルルカは気の毒そうに眉をひそめている。たぶん、失礼なことを思っている。口にせずとも伝わったのか、父親の顔が湯気が出そうなほど真っ赤になった。

「お、前……っさっきから無礼な！　わた、私はベルニア聖爵だぞ！」

「だからなんだ。娘さんを俺にくださいとでも言えばいいのか」

さすがにシルヴィアは口を挟む。

「それは嫁にもらうときの台詞です、お父様」

「それもそうか。……まあなんでもいい、失礼するぞ。ほら」

背を向けてルルカがしゃがんだ。子どもっぽいが拒めば抱えられるだけだろう。しかたなく、その背中に飛びつくように乗った。

「ま……」

引き止める声を無視してルルカが壁を蹴り飛ばした瞬間、部屋の半分が吹き飛んだ。そのまま床を蹴って外へ飛び出したルルカを追える者など、そういない。

外は夕暮れを思わせる色がうっすら見え始めていた。街の外壁も難なく飛び越えたルルカは、そのまま木々の間を飛びながら進んでいく。

「ロゼは？」

「馬車で待っている。心配していた、お前がベルニア聖爵家に連れていかれたと」

「悪いことをしました」

「本当に。危険はないとわかっていても、心配はまた別だ」

そういえば心配性な父親だった。

「なぜついていった」

「巻きこんではいけないと思って。それに……いいえ」

言い訳や建前をやめて、ぎゅっとルルカの首にしがみついた。

「ごめんなさい、心配をかけて」

「まったくだ」

「……迎えにきてくれてありがとう、お父様」

ルルカは答えなかったけれど、ちゃんと伝わったとわかる。だからシルヴィアはその背中で安心して目を閉じた。

*

半分吹き飛ばされた部屋で母親は綺麗に卒倒し、父親は右往左往し出した。

「なん、なんだあの男は……シルヴィアはいったい何を考えている！　ベルニア聖爵家に刃向かうつもりか⁉」

風通しのよくなった部屋で怒鳴っても滑稽なだけだ。

だがそれだけではないおかしさに、プリメラは笑う。

「ふふ……はは、おかしい。何あれ。あいつがお姉様の皇帝候補？」

「プ、プリメラ？　どうした、心配しなくてもいいからな。すぐに連れ戻してやる」

「そうだね、そうしよう。きっとお姉様はだまされてるんだ。だってあいつ、妖魔だよ」

父親は青ざめたあと、すぐに真っ赤になった。

「あの馬鹿娘が……！　妖魔に誑かされおったのか！　まさか、課題の妖魔は――」

「あいつだね。聖眼で視た。あいつが瘴気の原因だよ」

つまり、最上級妖魔――妖魔皇だ。

父親が息を呑む。プリメラは安心させるように笑う。

「大丈夫、ボクが勝つよ。そう決まってる。だから、お姉様を助けてあげなきゃね」

「……そ、そうだな。あんなものでも助ければ点になるし……そういえばジャスワント様が騎士団を連れてきてくださっている。それまでに居場所を突き止めて――」

何やら父親が算段を始めているが、プリメラはシルヴィアが去った方向をじっと見据えたまま動かなかった。

頭の中を占めているのは姉の顔だ。妖魔が迎えにきたときの、輝くような笑顔。

今までこれ以上奪われないために、何もいらないとうそぶいて決して大事なものを作ろうとしなかった、あの姉の安心しきった眼差し。

あんな顔、初めて見た。

「それが大事なひとなんだ、お姉様」

お父様などと呼んでいたが、まさか気づかずに、妖魔に恋でもしているのか。目の前で壊してやったらどんな顔をするだろう。ほくそ笑んだプリメラは、踵を返し鼻歌を歌いながら進む。

（お姉様がどんな聖眼を持ってるのかは知らないけど、ボクにかなうわけないしね）

未来はわかっている。

起動した聖眼が未来を教えてくれる——胸に穴をあけたあの男が瘴気という名前の生命力を垂れ流し、緩やかに絶命するところまで、はっきりと。

＊

妖魔馬車で待っていたロゼがシルヴィアを見るなり涙ぐんだので、反省すると同時に、自覚した。

自分はもう、ひとに心配される人間になったのだ。

そう思うと気恥ずかしさもあって、胸がぽかぽかしてくる。ロゼにはもう二度と心配をかけたくないし、出迎えにきてくれたアークに無事を喜ばれて嬉しかった。しかめっ面で鞄を直してくれたスレヴィにはお礼をしたい。

世界が綺麗に見えるとは、たぶん、こういうことだ。

ただ、ルルカには感謝はしているが、色んな気持ちがまざってよくわからない。無茶振りをされれば相変わらずげんなりするし、おかしな本の読み聞かせには呆れる。でもどれもこれも、なんだかくすぐったい気持ちになる。姿が見えないと気になる。そばにいるとほっとする。

変な感じだ。

（親に好意を持ってるとこういう感じになる？）

なんだか釈然としないので、最近はルルカをよく観察することにしている。

応接室で紅茶を飲む動作も綺麗なひとで、見ていて飽きない。

「……シルヴィア。お茶の飲み方の見本でもほしいのか？」

「いいえ」

「なら、じろじろ見るのはやめなさい」

諭されても、眉をよせている顔も美しくて、シルヴィアはまじまじ見返してしまう。

「でも、お父様は飽きません。顔は綺麗なのに、芋を食べているときは可愛いのはなぜですか？」

「かわ……お父様は見世物じゃないぞ」

「見世物……ずっと見ていたいのはそのせいですか」

ふっと瞳を見開いたルルカが、お茶を飲む手を止めた。そのままじっと見つめ返され、今度はシルヴィアが目をまばたく。

「何か」

「……いや別に」

ややや視線を泳がせたルルカが、どこか焦ったように立ちあがった。

「お父様？　どこへ？」

「……旅に出ようかと。いや、婚活か？」

「どうしたんですか、急に。心臓は私にまかせると？」

「いや、それはだめだ。危険だ」

「……。少しなら大丈夫ですよ。この間のお父様との追いかけっこ、勝ちましたし」

ルルカは両手両脚を縛ったまま逃げるという離れ業での勝負だったが、追いついたことに違いない。ソファから立ちあがったシルヴィアは、あのときの高揚感を思い出して胸をはる。

ルルカが愕然とした顔になった。

「……待て、そういう意味を孕んでいる……とでも……!?」

「……。どうしたんですか、お父様」

「お茶の時間に失礼します、ルルカ様」

ルルカが何やら考えこんでいるところに、スレヴィがやってきた。そして苦悩しているらしいルルカと困惑しているシルヴィアを見て、首をかしげる。

「取りこみ中ですか？」

「いや、よくきてくれたスレヴィ、折り入って相談がある」

「嫌です帰ります」

「そう言うな」

「嫌です用事がすんだら絶対退室します。お客様ですよ。聖女マリアンヌと名乗っておられますが、いかがされますか。ものすごくうるさいんですが」

先ほどまでの奇妙な空気も忘れて、ルルカとシルヴィアは顔を見合わせた。

スレヴィに案内されたマリアンヌは泥だらけで汚れていた。街からここまで、三日かけて歩いてきたらしい。だが堂々とした佇(たたず)まいは変わらず、応接間に案内されてもシルヴィアとルルカの正面のソファに優雅に腰をおろした。

「よくここがわかりましたね」

「なぎ倒された木々が一本道になっていたので」

妖魔馬車の走っていった跡を見つけたらしい。お茶と菓子を用意したスレヴィがぼそりとつぶやいた。

「考えなしに走らせるからだ、馬鹿が」

「馬鹿とは俺のことか？」

「いえいえ。跡を消すよう手配をしておきます」

さわやかに返事をしたスレヴィは、そのままシルヴィアとルルカが座るソファのうしろに控える。いったんお茶を飲んだあとで、マリアンヌが切り出した。

「単刀直入に聞きます。あなたが聖女シルヴィアというのは本当？」

マリアンヌの鋭い眼光にシルヴィアの背筋が反射的に伸びた。

「そしてあなたと一緒にいたあの子が聖女ロゼかしら」

静かだが、マリアンヌの口調には逃がさない強さがある。ごまかすのは難しそうだと思いながら、シルヴィアは尋ね返した。

「なぜ、そう思われたんですか」

「簡単な話です。あなた、私を手伝っていたでしょう。そのとき私は見たのです――聖女シルヴィアの点数があがっていくのを！」

あの状況下で点数を確認していたのか。この聖女、やっぱり怖い。

「そしてベルニア聖爵家に連れていかれたことで確信しました。ベルニア聖爵家のシルヴィアといえば、妹のプリメラと真逆の意味で有名ですからね」

「なら、聖女になるなんてありえないとは思いませんでしたか」

「なったのだから、なれたのでしょう」

あっさりしたマリアンヌは、不信や批難などはないらしい。だがぎっと気迫に満ちた目でにらまれてしまう。

「ありえないのは私より点数が上なことだけです！　ですが、それも一時的なこと。神は間違えません。私があなたの正体を見破ったことも、私がここにたどり着けたことも、すべて含めて、私が上！」

ここまでくると見習いたい精神力の強さである。ルルカがぼそりとつぶやいた。

「話がまったく進んでいないんだが」

「ああ、失礼いたしました。私が今日、ここへきたのは忠告と警告のためです。現在、街で妖魔の討伐準備が始まっています」

そう言ってマリアンヌが初めてルルカを見た。シルヴィアは視線を鋭くする。

「まさか、お父様の討伐ですか」

「の、ようですわね。聖女プリメラの直々のご指名です。今回の課題の原因である最上級妖魔は、あなただと。人相書きが回り、大規模な捜索が始まっています。私は異議を唱えましたが、聞き入れられませんでした。故にこうして忠告にきた次第です」

「異議？　なぜ、お父様を助けるようなことを？」

ルルカを人間だと思っているからではないだろう。マリアンヌは紅茶をひとくち飲んで、姿勢をぴんと伸ばした。

「私はこの方が街の住民を救うため動いていたのを、この目で見ています。そのような方が課題の妖魔であるはずがありません。街でもそう思っている方はいますが、あの雰囲気では声をあげられないでしょう」

当然だ。ベルニア聖爵家の聖女プリメラが聖眼で視たのだと宣言すれば、刃向かうのは至難の業である。

「街の雰囲気も悪くなり、日に日に瘴気も濃く、大量発生しています。どう考えても瘴気の本当の原因は別にあります。つまりあなたがたは濡れ衣。私の目はごまかせません」

「ですが、デルフォイ聖爵家……あなたの皇帝候補の考えは？」

ひとりできたのは、合意が取れなかったからではないのか。

シルヴィアの懸念を察したのか、マリアンヌは薄く笑った。

「あんな男、こちらから願い下げです」

「……と、いうと」

「誓約は破棄されました。天気予報女などいらない、とのことです」

目をまばたいたシルヴィアに、マリアンヌは微笑む。

「私の聖眼は天候を視ます。要は明日の天気がわかります。一ヶ月先くらいまでなら予報は完璧に当たります」

「……天気、ですか」

「……まあ、大切なことですよ。お洗濯の予定が決められます」

反応に困っていると、助け船のようにスレヴィが口を挟んだ。ほめている気がしなかったのだが、マリアンヌは堂々と胸を張って頷いた。

「よくおわかりですね。そうです。今年は寒くなるか、暑くなるのか。作物を育てるにも人々を災害から守るにも使える、大切な力です。その偉大さもわからずにあの男は天気予報女などと、愚かな。断言します。新しい聖女を見つけてもあの男は皇帝になどなれません。その器もない。私に勝る聖女などいないのだから！」

「……なるほど」

　だんだん本当にマリアンヌが正しい気がしてきて、頷いた。だが、何かと気圧されがちなシルヴィアの横で、ルルカは冷静だ。

「だったらあなたは今、皇帝選に関係ないことになるな。それでいて、わざわざこちらに警告しにきた理由は？」

「簡単な話です。私は失格になったわけではありません。皇帝候補さえいれば返り咲けるのですよ。点数もそのままで」

　マリアンヌはそのまま両手を握って力説した。

「しかも、この間違いを正す姿勢……聖眼を通じて神は見ておられます。つまり本当の瘴気の原因を見破り、あなた方を助け、新しい皇帝候補を得て本当の悪を倒す……！　これで私が一位になれる！」

　まったくぶれない聖女様である。

「ということで、私に新しい皇帝候補を用意してください。そうしたら協力して差し上げます。とりあえずは臨時でそこの方でもかまいませんから」

　すっとマリアンヌが指さしたのは、スレヴィだ。シルヴィアとルルカにソファごしに見あげられて、スレヴィが「迷惑だ」と書いてある愛想笑いを浮かべる。

「ご冗談を」

「冗談を言っている時間はありません。ぱっと聖殿に行ってぱっと誓約しましょう」

「……主が妖魔と知られた以上隠してもしかたないと思うので公言しますが、私も妖魔でして、人間とは相容れないと思いますね。ええ、特にあなたとは絶対に」

「そのうち人間に乗り換えますのでご心配なく」

スレヴィのこめかみに血管が浮き出る。だが笑顔を保っているのはさすがだ。

「乗り換えなどと、私を馬か何かと勘違いしておいでか。人間風情が」

「乗り換えられたくなければ努力なさいませ。私はきちんと評価をする聖女です」

「死ね、この天気予報女」

「明日は晴れですよ、洗濯男」

「……スレヴィ。命令だ、彼女と誓約しろ」

ルルカの声に、スレヴィはもちろんシルヴィアもぎょっとした。

「いいんですか、お父様」

「保険は多いにこしたことはない。何より面白そうだ」

「後者が本音だな、クソジジイ」

「ということで俺の従魔を貸し出そう。そのかわり、あなたの情報をくれないか」

「交渉成立ですね」

ふっと笑ったマリアンヌが手を差し出す。その手をルルカが握り返した。

(すごい。お父様と、対等に……)

シルヴィアは自分の胸を押さえた。何か痛んだ気がしたのだ。

でも、その意味はよくわからなかった。

マリアンヌとスレヴィは本当に聖殿へぱっと行ってぱっと帰ってきた。シルヴィアのときといい、一応大事な儀式のはずなのにそんなに簡単でいいのかと思う。

その他のことも話が進んでいった。今まで待ちの一手だったのが嘘のようだ。

「変な感じ……」

屋敷の端にある塔のてっぺんで、夜空を見あげながらシルヴィアは唸る。自分の部屋のバルコニーからでも星は見えるが、ここはもっと近いうえに、景色も見渡せる。気分転換にはいいだろうとやってきたのだが、考えれば考えるほど深みにはまっている気がする。

「作戦に不安がある……？　でもロゼは大丈夫だって言ってるし、お父様が危険な目に遭うとも……でも、ロゼは妖魔の危険は察知できないし……」

「何を唸っているのですか」

下から聞こえた声に、シルヴィアはぎょっとする。

「マリアンヌ様……ロゼも」

「おねえさま、風邪をひきますよ。はい、いつもの外套」

螺旋階段をあがってきたロゼが外套を差し出し、マリアンヌは持っていたカンテラを塔の壁の上に置いた。

「灯りも持たずに、危険でしょう」

「……星が見たかったので」

「カンテラがあっても十分見えます。さっきからその顔はなんですか。不満でも？」

「いえ、びっくりしているだけです。ふたりでくるなんて」

ロゼとマリアンヌが顔を見合わせた。先に嘆息したのはマリアンヌだ。

「今回の課題が終わるまでは仲間です。交流しておくべきだと私が誘いました」

「……私とロゼとあなたが、仲間」

「この課題が終わったら、あなた方の点数はすべて私の物になっていますけれどね」

ふふふとマリアンヌは笑っている。そこへロゼも並んだ。シルヴィアを挟んで三人、並んで夜空を見あげる。

最初に声をあげたのは、人見知りそうに見えて意外と積極的なロゼだ。

「あの、マリアンヌ様は今までずっと巫女さんだったんですか？」

「ええ、デルフォイ聖爵家に縁のある地方の神殿で巫女として務めておりました。ロゼさんはヤギ飼いだったそうね」

「は、はい。家はヤギの乳でチーズとか、作ってました」

「……不思議ですね。今まで住んでいる所も生き方もまったく違うのに、こうして話してるなんて」

皇帝選のおかげと考えるべきか、せいと考えるべきか。つぶやいたシルヴィアに、マリアンヌが苦笑いする。

「しかも上位三名が協力して、そろっておしゃべり。あまり例になさそうですわね」

「そ、そうなんですか……？」

「皇帝選の上位は、聖爵家の聖女が占めることが多いのです。それに陣営判断で協力することはあっても、聖女同士が個人で話す機会なんて滅多にないでしょうね」

マリアンヌの説明に、ロゼが眉をさげる。

「な、なんだか、さみしいですね……仲良くみんなで課題、やったりとか……」

「何を甘えたことを。皇帝の椅子はひとつです」

「す、すみません」

「でもあなたの考えは正しい」

叱られたように小さくなっていたロゼが、びっくりしてマリアンヌを見あげる。シルヴィアも黙ってマリアンヌの横顔を見た。

「本当は争うのではなく互いに協力し、高め合うほうが正しいあり方です。少なくとも最初の聖女は、世界を救うためにそうしたはずです」

「あ……」

「世界を滅亡から救うより、皇帝の座を争っているのはある意味、平和の証ですが。要は好敵手なんてなかなか見つからない、ということです」

「マ、マリアンヌさん、すごい、です」

尊敬したように言うロゼに、ふんとマリアンヌが鼻を鳴らす。

「伊達に年はとっておりません」

「おいくつか聞いても？」

「二十六。いきおくれなどと言った輩は追いかけ回して必ず息の根を止めます」

絶対に言わないでおこう。

「そもそも巫女の私は、神の花嫁ですけれど。……上位三名がそろって課題にあたるのです。そんなにこの先を心配する必要はないでしょう」

マリアンヌの締めに、ロゼもこくこく頷いている。

気遣われているのだとやっと気づいて、シルヴィアはびっくりしてしまった。

「あ……りがとう、ございます……」

本当ならここで終わるべきだろう。だがふたりとも待っている気配を感じて、シルヴィアは口を動かす。

「……ロゼの力やマリアンヌ様を疑っているわけではありません。ただ本当に、うまくいくのかと……プリメラがいるのに」

その名前に、マリアンヌもロゼも表情を改めた。

「噂は聞き及んではおります。実際、その力も拝見しましたけれど……」

「て、天才……なんですよね。ロゼも、名前、知ってます……」

「本当はこちらの行動も、すべて筒抜けなんじゃないかと思うと……あのとき、プリメラの聖眼で何が視えるか確認できてれば。いえ、確認できていたとしても『すべて』だったら、どう対処すればいいか」

でも、とシルヴィアは拳を握る。

「あの子はベルニア聖爵家を出たあとの私を知りませんでした。なら、何もかもわかるわけではない。でもどう見ても人間のお父様を、最上級妖魔だと見抜いた……」

それこそ、聖眼で何か視ていたからではないのか。

だが、ルルカと一緒にいるシルヴィアを視ることはできなかった。

(あの子は、何が視えるの)

見抜きたい。でなければ、プリメラはまた笑って壊しにくるだろう。

震える拳を、ロゼがそっと取った。顔をあげたシルヴィアに、きらきらした眼差しが飛んでくる。

「すごいです、お姉様……！」

「え」

「聖女プリメラの聖眼はそこまでではない――と楽観するのではなく、最強と仮定したうえで出し抜こうとするのですね、あなたは。よくやります」

ほめているというより呆れているマリアンヌに、シルヴィアは困惑した。

「それは……対処しないと自分の身があやういからです」

「それでも、諦めてしまわないのは大したものです。普通、くじけますよ」

「……マリアンヌ様に言われると複雑です」

シルヴィアの答えに、ロゼが噴き出した。肝心のマリアンヌはすまし顔だ。

「私は聖女プリメラと争う気はありません。あなたたちが争っている間に点数をとればそれでいいですから。でもあなたが聖女プリメラを叩きのめしたら、とても楽しそうですね。応援します」

聖女にあるまじき顔で笑うマリアンヌに、シルヴィアは呆れる。

「聖女らしくない考え方では？」

「あなたも見ていたでしょう。あの小娘は自分ができるからと、わざわざ私の結界を破壊したのです――私の点数！」

やっぱりそこに行き着くのか。だが、マリアンヌは真顔になった。

「確かに、天才なのでしょう。ですが、天才であれば何をしてもいい――そんなわけがありません。あの娘はそれがわかっていない。親の教育が悪かったのか、なんなのか」

そんなふうにプリメラを評したひとは初めてだ。大人の女性の顔で、それこそ巫女のようにマリアンヌは告げる。

「まあ、私の知ったことではありません。私は皇帝選に勝ち抜いて、私のすべきことをするだけです」

「マリアンヌ様は皇帝選に勝ち抜いてしたいこと、あるんですか」

ロゼの質問に、マリアンヌは不敵に笑った。

「もちろん。まずは改革です。聖女を増やしたいあまり、目に余ることが多すぎます。あなたもそうでしょう、ロゼ」

「ロ、ロゼ……ですか？」

「聖女の人生が皇帝選の道具になっていると思いませんか」

きっとマリアンヌ本人もそういう経験をしたのだろう。ロゼは初めて気づいたような顔で、何かを考えこんでいる。マリアンヌはロゼを優しく見守っていたその眼差しを、シルヴィアにも向けた。

「あなたは何をしたいのですか、聖女シルヴィア？」

聖女マリアンヌの問いかけに、シルヴィアはぎゅっと拳を握りしめた。

（私は）

以前なら逃げたいと答えただろう。でも、逃げてはいけないとわかった。

ならばほしいのは、自分が今持っているものを手放さないと言える、その強さだ。

「あれ？」

ロゼが声をあげた。そろってシルヴィアとマリアンヌに見られ、おずおずと闇夜と一体化している森をさす。

「な、何か見えた気がして……ちらっと……」

「やめてくださいな、私おばけとか苦手ですのよ！」

「ロ、ロゼもおばけは無理です！」

ロゼとマリアンヌが震え上がる真ん中で、シルヴィアは身を乗り出し、目を凝らす。

確かに、ちらりと何か見えた。明かり——たいまつだ。聖眼を起動して叫んだ。

「敵襲です！　頭を抱えて伏せて！」

「なっ……！」

説明ももどかしく、シルヴィアはマリアンヌとロゼを引きよせて床に伏せる。

頭上がいきなり真昼のように白くなった。白銀のそれは、あたりを真昼に変える輝きで屋敷に直撃する、神聖魔法だ。

屋敷の門あたりで爆発音と煙があがる。だが、一撃では終わらない。

「まさか、街からもう……!?」

「そんな。ロ、ロゼには何も……」

つまり、人間に危険はない。

ならば狙われているのは、妖魔たちだ。

「早く屋敷の中に入りなさい」

空から降ってきた声に、シルヴィアは立ちあがった。

「お父様！」

「先手を取られたな。だが、気にすることはない」

ちらと視線を投げたルルカに、マリアンヌが青ざめる。

「ま、まさか私が、つけられ……」

「攻めるにせよ攻められるにせよ、戦うことには変わらない。まあ、なんとでも──」

いつもと同じ無表情で応対しようとしたルルカが突然、左胸を押さえた。

「お父様？」

もう一撃がきた。今度は屋敷の門を通り抜け、中庭にまでくる。それを手のひらを前に突き出して跳ね返したルルカだが、そのまま片膝をついた。急いでシルヴィアは駆けよる。

「お、お父様、どうし……」

「心臓ですか」

塔の下から飛び上がってきたスレヴィが、ルルカを見て目を細めた。

ルルカは答えない。だが、全員に意味は伝わった。妖魔皇の心臓だ。

「このままでは急所を握られたまま戦うようなものですね。ルルカ様、どのように？」

あきらかに無理をしているとわかる顔で立ちあがったルルカが、低く言った。

「屋敷ごと転移させる。俺は残る」

「お父様⁉」

仰天(ぎょうてん)したシルヴィアのうしろから、塔を駆け上がってきたアークが息を切らして叫ぶ。

「ルルカ様、俺も残ります！」

「だめだ。お前はスレヴィと一緒に皆を守りなさい」

「でも！」

「なんの細工かはわからないが、心臓を使われている以上、俺が逃げても意味はない。追われるだけだ」

ルルカはまっすぐ、敵がいるであろう闇の向こうを見つめて、ゆるがない。

「ここで決着をつけるしかない」

「何がしかけられてるのかわからないのに、危険ですお父様！」

叫んだシルヴィアに、ルルカは振り向かなかった。

「それでも、仕事だ。……スレヴィ、アーク」

「承知しました。ええ、遠慮なく私は逃げますよ。皆さん、塔の中に」

「……っロゼ、こっちだ。マリアンヌ様も！」

アークが戸惑うロゼとマリアンヌの手を引いて、塔の中に入る。

シルヴィアは動けなかった。動くつもりもなかった。なのに、ふわっと体が浮く。

誰の仕業かわかって、叫んだ。

「お父様！」

「いいか。もし俺が戻らなかったら、お前はこの一件から手を引きなさい。ちゃんと自分の人生を歩むんだ。お前が望む人生を」

両眼を見開いたシルヴィアが手を伸ばしても、空を切るだけだ。それどころか勝手に吸いこまれるように螺旋階段の中に吸いこまれてしまう。

「大丈夫だ。少し時間はたらなかったが、お前はもうひとりで生きていける。そうなれるように育てた」

ほんの少し、ルルカが振り向いた気がする。

なのにその顔が見られないまま、螺旋階段の鉄扉が閉ざされた。

「おとう……っ」

ぐにゃりと視界がゆがんだのは、転移のせいか、涙のせいかわからない。

息を吐き出すように目をあけたそのときには、目の前に鉄扉があった。ほんのついさっきと変わらないはずだ。

そう信じて、重い扉を開く。

だが、いつだって人生が変わるのは一瞬だ。

たとえば、あの聖誕の夜、聖痕が顕れたように。駆け出した先で、ひとりの妖魔に出会ったときのように。

——見たこともない夜の海辺が今、目の前に広がっているように。

第六章　未来ノ果テ

結論から言えば、ルルカは帰らなかった。

朝になってから、周囲を見回ったスレヴィが場所を割り出してくれた。ニカノル地方のはずれにある海辺だ。ちょうど沿岸の崖下に城館は墜ちたため、周囲からは発見されにくい。近くに港町があるようで、そこから船が出ていることもわかった。

転移できなくとも逃げるには最適な場所、ということだ。

港町にきた早馬の知らせも得られた――ニカノル全域に瘴気が漂い始めている。特に中心の街は瘴気が濃すぎて、視認もできない状態らしい。

すでに聖女プリメラが元凶の最上級妖魔を捕らえているにもかかわらず、瘴気はどんどん広がっているようで、街から大勢の人間が逃げてきていた。街は最低限しか浄化されていないらしい。「聖女プリメラは元凶の妖魔を殺さず鎖につないでいる」「聖殿に妖魔を引き渡すまで、街を浄化せずにしておくつもりらしい」と噂が回り、聖女プリメラが何を考えているのか図りかねて皆が戦々恐々としている。大きな批判にならないのは、ベルニア聖爵家から見捨てられるのを怖れてだ。

　だが、それも時間の問題のように思えた。港町にも瘴気が漂ってきているらしい。被害が広がるのを放置しては、他聖爵家からの批判はまぬがれないだろう。

「生きてるみたいですねえ、我らが宵闇（よいやみ）の君は。案外しぶとい」

　朝食の給仕をすませたスレヴィがのんびりと言う。食事の前の祈りをささげていたマリアンヌが、ぎろりとスレヴィをにらんだ。

「生きているに決まっているでしょう。課題の配点が、まだ一点も動いていません」

「それにしても、殺さず聖殿に引き渡しとは。はてさて、なんのつもりでしょう。まさか心臓については聖女プリメラは何も知らない、とかですかねえ」

　食堂でいつもの席――空席の正面の席に座っているシルヴィアは、黙ってちぎったパンを口に運んだ。

　いつもと変わらないのに、味がしない、気がする。アークが悲痛な顔でつぶやいた。

「これから、どうすればいいんでしょう」

「どうもこうも。できることなどありませんよ。聖女だろうが妖魔だろうが心臓だろうが、ルルカ様が手に負えなかった相手に私は関わりたくありません」

　きっぱり断言したスレヴィは、皆の注視を受けても顔色ひとつ変えない。

「皆様も、逃げるべきですよ。資金は適当に屋敷にあるものを持ち出せばよろしい」

「……顔色ひとつ変えずに、よくもそんな提案を」

　マリアンヌににらまれても、スレヴィは鼻で笑った。

「ご不満なら、誓約を破棄(はき)していただきたいですね」

「……。そう言うあなたはどうされるおつもりですか」

「私はルルカ様の従魔ですので、残念ながらルルカ様が死ぬまで待つしかない」

「言葉には気をつけなさい！」

テーブルを叩いたマリアンヌに、おやとスレヴィが笑う。

「親切で今後の方針を示したつもりですが？　ルルカ様が死ねばこの館も消えます。それまでにおのおの、今後の身の振り方を決めるほうが建設的です」

「……で、でも、戻って、くるかもしれないし……ルルカ様……」

ロゼがおずおずと進言し、アークもそれに頷(うなず)いた。

「僕もしばらく待ってみます。ちゃんと状況がわからないと……シルヴィア様？」

立ちあがったシルヴィアに、皆が注視する。

できるだけ静かにシルヴィアは言った。

「私は出ていきます」

皆がまたたく中で、スレヴィだけが皮肉っぽく笑う。

「では支度(したく)を手伝いましょうか、姫様。それとも、もう姫様とは呼ばないほうが？」

「はい。私はもう、妖魔皇の娘でもなんでもないので」

「お、おねえさま」

「ついてこないでください」

冷たく言い捨てると、腰を浮かせたロゼがびくりと止まった。

「私の仕事は終わりました。もう、妖魔も聖女も皇帝選も、たくさんです」

困った顔のロゼの服の裾を、隣のアークが引っ張って、座らせる。

「今後は身を隠してやりすごします」

「……私はともかく、皇帝選で一位のあなたを、ご実家のベルニア聖爵家はもちろん、他の聖爵家だって見逃しませんわよ」

「お父様が死ねば皇帝選から辞退できます。問題ありません」

マリアンヌが眉をよせて黙る。椅子から立ちあがり、シルヴィアは踵を返した。

「皆様、お元気で。お世話になりました」

ロゼが引き止めようとする気配がしたが、無視してシルヴィアはそのまま食堂を出ていき、昨夜のうちに用意しておいた鞄を手に取った。

外套を羽織って、鞄を背負う。何か持ち出さなくても、この間街で買い物をした残りのお金で当面は十分だ。

（逃げるなら今しかない）

そう、今が好機なのだ。足早に屋敷を出て、真っ白な砂浜を歩いた。

港町は意外と近くにあった。崖を跳び越え、木々を足場に林を一直線に進んだからかもしれないが――すぐに人混みに紛れることはできた。本格的に瘴気がくる前に海を越えたほうが安全ではないかと港に詰めかけている人間も多く、臨時の船の案内が出ている。

人が増えたせいで少々値上がりしているが、食べ物と水を買っておいた。

何からしようか、と思案する。

(女騎士とか、できるかも)

何せ、中級妖魔くらいは倒せるよう育ててもらったのだ。

(山ごもりもいいかも。鹿やイノシシを飼って……チーズの作り方、ロゼに教えてもらえばよかった。他にも、神殿に保護してもらうとか……どんな生活になるのか、マリアンヌ様から情報収集しておけばよかった)

いつの間にか、色んな道が選べるようになっている。

だからこれから自分が向かう先は、自分の選択だ。

港町の門を抜けて街道を進むと、遠くに霧のように漂う瘴気が見えた。立ち入り禁止の看板が掲げられているが、見張りはいない。瘴気の中に突っこんでいく馬鹿など想定していないからだろう。

おかげでここからは人目につかずにすみそうだ。色々おさまるまで、この周辺で身を隠すのもありかもしれない——そう、思った。シルヴィアは瘴気の中でも平気だし。

立ち止まるならここだ。けれど、瘴気の中からうっすら黒い影がひとつ、現れる。

シルヴィアは静かに尋ねた。

「無事でよかった。お父様に逃がしてもらった？」

グルゥ、とよく背中で聞いたうなり声が答えた。地響きと一緒に、目の前までやってくるのは毎度おなじみ、妖魔熊だ。

「妖魔皇の娘って、まだ有効ですか」

全身から魔力を立ちのぼらせ、目を光らせている妖魔熊は、くるりと背中を向けて四つん這いになった。

背中に乗れ、ということらしい。

どこへ向かうのか、聞かなくてもわかるようだ。

「お願いします」

背中に乗ったシルヴィアに答えるように妖魔熊が咆哮し、駆け出した。まっすぐに、瘴気の中心へ——街へと。

＊

「プリメラ様。本当に、本当にこれでよろしいのですか？」

汗をかきながら食堂に入ってきたニカノルの領主に、プリメラは瞬いた。

寝坊して、遅めの朝食をひとりでとっているところだった。口の中で料理をもぐもぐしながら、尋ね返す。

「これでって？」

「瘴気の浄化です！　どんどん、濃い瘴気が街中に出てくるように……っこれは、妖魔皇をそのままにしているからでは⁉　聖爵様や夫人にお話ししても、プリメラ様の言うことを聞いておけばいい、と言うばかりで話にならない」

両親では話にならないから、プリメラに直談判しにきたようだ。

(役に立たないなーお父様もお母様も)

こんなうるさい中年がいたら、せっかくの朝食がまずくなるではないか。

「街では聖女の仕事を放置していると、プリメラ様のことを批難する輩も出てきています！　既に住民も逃げ出す者が多数出て、このままでは」

「あーそのほうがいいだろうね」

「は……？」

ガレットの生地がなかなか切れない。悪戦苦闘しながらも、プリメラは説明した。

「だってこの街、このまま瘴気に覆い尽くされるし。いたらほぼみんな死ぬでしょ。逃げたほうが賢明」

「は……⁉」

「あ、でも心配しないで！　被害としてはないも同然だから」

領主が口をあけて呆けている。やっと生地が切れて、プリメラはにっこりした。

「だって妖魔皇相手だよ？　街ひとつですめば、被害はない判定でしょ」

「ごっ……ご冗談を。まさか、そんな」

「あのさあ、ちょっとは考えようよ。これだけ瘴気が漂ってるのに、他の聖爵家がちっとも手を出してこない、その意味。手に負えないからだよ」

揉み手をしていた領主の愛想笑いが、ついに引きつった。

「……て、手に負えない、とは」

「あぁ、ボクは別だよ。ちょっと本気だせば、浄化できるから」

「な、なら今すぐに浄化をして、街を救ってください！」

「は？　なんでボクがお前の言うこと聞かなきゃいけないの」

領主が目を白黒させて、震える拳を握った。顔色も青くなったり赤くなったりと、忙しそうだ。

「……ま、街が、どうなっても、いいと……っう、訴えてやる！　聖殿に！　お前なんか聖女の資格はないと……！」

「やればいいじゃん。無駄だと思うけど。だって誰も助けてくれないよ？　こんな瘴気まみれの街」

ははっと笑うと、領主が叫んだ。

「わ、私は、ベルニア聖爵家を、支持しているのですよ！　それを、この仕打ち」

「だから何」

今度こそ領主は言葉を失ったようだった。鼻で笑ったプリメラは、デザートの林檎にざっくりフォークを刺す。

「逃げるなら早いほうがいいよ？」

警告するなんて、我ながら親切だ。

一目散に食堂から駆け出した領主は、街からひそかに逃げ出すに違いない。切り替えが早くなければ政治家など務まらない。それを知った領民がさらに逃げ出すだろう。

静かになっていい。どうせ料理だって大しておいしくないし。

「プリメラ……何か、あった？」

領主と入れ替わりに、ジャスワントが食堂に入ってきた。

「怒鳴り声が聞こえたけれど……」

「うん大丈夫だよー。ジャスワントは逃げないの？」

「い、一応、君がいる以上、ここにいないと。皇帝候補だし、怒られるし……」

ふうん、とプリメラは相づちを返した。どうでもいい。気弱な笑みを浮かべるジャスワントなど、もともと眼中にない。

「で、でもプリメラ。どうして、あの妖魔を殺さないのかな」

「だってお姉様が助けにくるから」

「シルヴィアが……？　どうして妖魔を助けになんて」

「今までずっと一緒にいたみたい」

切るのが面倒になったので、残りのガレットを皿からつまんで食べた。行儀が悪いなどと、プリメラが叱られることはない。プリメラのやることはなんでも正しいからだ。

「……そうか、シルヴィアが……君が捕まえた妖魔は、地下牢にいるんだっけ。あの、会いに行ってもいいかな」

「いいけど、あんまり近寄らないほうがいいんじゃない？　殺されてもボク助けないよ」

「君にはそういう未来が視えるの？」

ジャスワントをじっと見て、フォークが突き刺さったままの林檎を食べる。

「どうぞ、ごじゆーに」

適当に返事をすると、ジャスワントは礼を言って食堂を出ていった。

たとえ、ジャスワントが死んでも、次の皇帝候補を両親が勝手に選んでくる。

プリメラにとって今、大事なのは、あの妖魔を手元に置いておくことだけだ。彼がいれば姉はやってくる。それは確定された未来だ。

このガレットのようにおいしくあの妖魔を食べてしまったら、姉はいったいどんな顔をするだろう。そのときが楽しみで、プリメラは待っている。決して寄り道などではない。

これはプリメラが聖女になる道なのだと、銀のナイフの中で、姉と同じ色の聖眼がきらめいていた。

＊

妖魔熊に背負われる道すがら、思ったより多くの人間を見かけた。馬車や行列、様々な形で皆が街から逃げ出している。

どうも領主が街から逃げたらしい。それで聖女プリメラを信じていた住民も、危険を確信したのだろう。瘴気が薄くなる日中なら、と自分の体がもつことに懸けたようだ。

すれ違って声をかけられるのも困るので、途中から道ではなく、道に沿った林に分け入って進んだ。行き倒れているひとを見かけたら、馬車にひかれたりしないよう道の脇によけて、魔術を施しておいた。ロゼがルルカに持たされた護符の魔術を見よう見まねで描いただけだが、皆、顔色がよくなったので、一時的な浄化になっているのだろう。

だができるのはそれだけだ。

妖魔熊の足は速く、昼過ぎには街に辿り着いた。

多少は浄化されているのか、街は瘴気が薄く漂っている程度だ。だが、不気味なほど静まり返っている。心なしか視界も暗い気がした。

「ここで待っていてください」

「グ」

「お父様を助けたらすぐ戻ります。目立たないように」

街中には逃げそびれた人もいるだろう。領主はいなくても、ベルニア聖爵家や皇子であるジャスワントが兵を連れているはずだ。騒ぎにはしたくない。

妖魔熊は考えていたようだが、くるりと背を向けてのしのしと森に帰っていった。

「……収監先は、普通は領主の館です、よね」

検問はないようだったが、街には入らず、外壁沿いに領主の館の裏側へと向かった。

そして外壁を見あげる。首を精一杯持ち上げても、てっぺんが見えない外壁だ。

腹はくくってきた。深呼吸をする。そして地面を両足の裏で、力一杯蹴った。

あっさり体は宙に飛んだ。

「……っ!?」

自分で飛んでおいて、自分で驚愕した。だが、外壁を見おろす高さから見えた光景に目を奪われてしまった。上空は瘴気も薄く、青い空と白い雲と、きらきら光る陽が見える。

綺麗だった。

見惚れている間に落下が始まっていて、我に返る。くるんと回って着地したのは、領主の館の屋根だ。少し体がよろめきかけたが、それだけで体に異状はなかった。

「……飛び越えられた……」

これ、普通だろうか。一瞬絶望しそうになったが、すぐにぶるぶる首を振る。そして視界の隅に見えた姿に、急いで身を伏せ、そっと顔だけをあげた。

「……ジャスワント様？」

館の端にある、堅牢な塔の鉄製の扉に鍵束を差しこみ中へと入っていく金髪の少年に、シルヴィアは目を細めた。

皇子と呼ばれる立場のジャスワントが赴く先として、あまりにあやしい。だが、考えなくていい。聖眼を起動してジャスワントの動きを追えばいい——薄暗い地下に向かう階段と、いくつも並ぶ鉄格子の牢。

その最奥で、鎖につながれているのは。

(──お父様!)

鉄格子の隙間から視えた顔に、シルヴィアは身を起こす。ずいぶん弱っている様子だったが、あんな美形、見間違えない。

場所はわかった。そして今なら鍵があいている。今のうちにあの塔に入って身を隠し、ジャスワントから鍵を奪うのが最善だ。何か罠があるとしても、まずはルルカの状態がわからなければ話にならない。

音を立てないよう、できるだけそっと屋根から地面に着地した。周囲をうかがいながら鉄の扉に触れる。そのときだった。

ばちっと手が弾かれた。罠かと、咄嗟にその場からうしろに飛び跳ねる。だが着地した地面から生えてきた光の縄が両腕ごと体に巻き付いてきて、地面につながれてしまった。

(しまっ……!)

急いたせいで見落とした。捕縛結界だ。しかも、あらかじめシルヴィアがそこを踏むとわかっていないとできない場所に仕掛けられていた。

つまりこれを仕掛けたのは、未来がわかる聖女だ。

そしてこの街に滞在している聖女は、プリメラしかいない。

振り鐘の音がする。裏口の扉から、あるいは棟の曲がり角から、ぞろぞろと武器を構えた兵たちがやってきた。取り囲まれるのは、あっという間だ。

「プリメラの言うとおりだったな」

兵たちのあとから前に進み出てきたのは、父親だった。その斜めうしろから、母親が憎々しげにシルヴィアをにらんでいる。

「ようやく姿を現したわね、この疫病神」

「まったく。どういう手違いでお前が聖女になったのだか。そのうえ、妖魔に穢されるなどと、恥知らずが。どこまで私の顔に泥を塗ればすむ」

「ええ、本当に。しかもプリメラに挑むなんて、身の程知らずな」

汚いものでも見たかのように母親が目をそらす。

とうの昔から傷つくことなどなくなっていたが、いっそ滑稽に思えて、笑みが浮かぶ。

それに気づいた父親が片眉をあげ、つかつかと近寄ってきて、拳を振り上げた。

「何がおかしい！　何を笑っている！」

そうか、今、自分は笑えているのか。

飛んできた拳をシルヴィアは難なくよけ、そのまま光の縄を引きちぎった。拳を振り下ろしてよろけた父親の腹に蹴りを叩きこんで、母親のところに返品してやる。

母親が吹っ飛んできた父親につぶされて悲鳴をあげた。

「お、おまえ、なんて、なんてことを、お父様に……っ育ててやった恩も忘れて！」

「今までお世話になりました」

「は？」

目の前で手のひらに剣を召喚したシルヴィアは、切っ先を両親に突きつけ、静かに問いかける。

「それで、あなたがたはいつまで私の親のつもりですか？」

「こ、この子を捕まえて！　プリメラの敵になるなら殺したってかまわないわ、早く！」

のびた父親を抱えた母親が金切り声をあげた。それを号令に一斉に兵が襲いかかってくる。

だがシルヴィアの目的はルルカだ。剣を受け止め、なぎ払い、蹴り飛ばし、兵の壁を打ち破る。シルヴィアに吹き飛ばされていく兵を目にして、母親が髪を振り乱して叫んだ。

「何、なんなのお前……っどうしてそんな力が、お前なんかに！」

「あなたがたに見捨てられたおかげで」

だから、ルルカに育ててもらえた。

見えた鉄製の扉の隙間にまっすぐ剣先を伸ばす。

だがその剣先は、再び目の前に現れた魔術の網に弾き飛ばされた。

「お姉様ひどいよー。そんな言い方、こいつらがクズ親みたいじゃん」

鉄製の扉の前に立って、聖女が笑う。

距離を取り直したシルヴィアは、妹の姿を見据えた。

「プリメラ……」

「お母様とお父様はお姉様のためを思ってやったんだよ？　ねえ」

のびた父親を膝の上にのせたまま、母親ががくがくとプリメラに頷く。

「そ、そう、そうよ。あなたは、でき、出来損ないだから、プリメラの邪魔にならないよう、厳しく育てたの。見捨ててなんていないわ！」

この種の手のひら返しは初めての経験だ。だが、呆れも怒りもわいてこない。はあっとシルヴィアは溜め息を吐いた。母親がびくりと震えて止まる。

「私はもう、あなたがたなんてどうでもいいんです。生きてようが死のうが」

母親がすくみ上がる。プリメラが眉を動かしたあと、微笑んだ。

「へえ？　言うじゃない、お姉様のくせに。じゃあ何しにきたの」

「大事なひとを助けに」

「お姉様が助ける？　できるわけないじゃん」

母親はシルヴィアがのした兵たちを見回しながら、強がる。

「そ、そうよ！　へ、兵もまだ、いるし」

「それに、何よりプリメラがいるのよ！」

プリメラにすがりつくように母親が身を起こす。親が子どもにすがっているのだ。

シルヴィアは少し眉をさげ、プリメラをまっすぐ見た。

「同情します」

「は？」

プリメラの笑顔が固まった。シルヴィアは妹にすがりつく母親を見て、目を細める。

「親のお守りなんて。──私じゃなくて本当によかった」

プリメラが震える拳を握り、剣を呼び出した。その爆風で母親が吹き飛ばされるのにも目もくれず、シルヴィアに今までていちばんいびつな笑みを浮かべる。

「お姉様が、ボクに、同情？」

「そうですね。可哀想です。天才と祭り上げられ、親によりかかられ、でも誰もあなたを助けない。皆、あなたなんてどうでもいいから」

「シルヴィア！　プリメラに、なんて失礼なこと」

「うるさい黙ってろ役立たず！」

プリメラに怒鳴られた母親がひっと喉を鳴らした。

「ボクが可哀想？　可哀想なのはいつだってお姉様だよ」

ばりばりとプリメラの足元から魔力が立ちのぼる。

「誰にも期待されない、望まれない。なんにもできない、役立たず。可哀想なお姉様！」

親はいい、どうせ口だけだ。だが、妹は本物の天才だ。

シルヴィアはいやというほどそれを見てきた。

「全員、手を出すな。──格の違いを思い知らせてやる！」

プリメラが地面を蹴って、剣を振りかぶる。魔力こみのおそろしく重い一撃をシルヴィアは受け止めた。

交わった剣の向こうで、プリメラが笑う。

「勝てると思うの、お姉様？　ボクの聖眼は、全部視えてる！　お姉様がどう動くか、全部だよ！　お姉様は逃げられない、さっきつかまったみたいに！」

「なら頑張ってください」

「は？」

　シルヴィアが一瞬、視界から消えたように見えたのだろう。背後を取られたプリメラが振り向く前に、その背中に一撃、叩きこんだ。

「……っ！」

　咄嗟に魔力で防御したのは、さすがだ。だが衝撃を流しきれず、地面に穴を作ってプリメラが沈む。

　えぐれた地面の縁に立って、シルヴィアは言った。

「魔力の使い方が大雑把です。攻守の切り替えの練習をおすすめします」

「お、ま……なんで……っ」

　起き上がろうとしたプリメラがシルヴィアを見あげる。いつもと逆だ。シルヴィアは冷静にそれを見返した。

「すべての未来を視えるというのは、嘘ですね」

　プリメラが無表情になった。顔色を変えたのは母親のほうだ。

「な、なに、何を言ってるの」

「すべてわかっていれば、この戦いをさけたはずです。あなたが負けを甘んじて受けるなんてあり得ない。つまり、聖眼でこの勝敗が視えていなかった。でも、ルルカ様の正体や自分のすることには確信がある。さっきの、捕縛結界みたいに」

「そうよ！　プリメラはなんでもわかるのよ、ねえプリメラ」

母親に目を向けられても、プリメラは黙っている。この子は決して馬鹿ではない。聖眼の能力を見抜かれることがどれだけまずいことか、ちゃんとわかっている。

「じゃあ、ボクには何が視えると思う？」

そして聖眼の力に対して、自信もあるのだ。

にたりと笑ったプリメラに挑むように、シルヴィアは答える。

「あなたに視えるのは、あなたが望む未来を叶えるには、どうしたらいいか」

おろおろしているだけの母親は、きっとプリメラの聖眼について何も知らされていなかったのだろう。『すべて視えている』――プリメラの言葉をそのまま鵜呑みにして、疑いもしなかったに違いない。

「どうすればあなたが、聖女になれるか」

だが実際問題として、プリメラの聖眼は本人にとって『すべて』に近い。

プリメラの望む、プリメラがほしい未来をつかむにはどうしたらいいか。それを教えてくれる聖眼だ。

「そのためにあなたが取るべき行動が、未来が、すべての可能性が、あなたには視える」

だから妖魔皇の心臓の持ち主であるルルカを知っていた。この街が舞台になることもわかっていたからやってきた。シルヴィアがルルカを助けにくることも知っていた。

「大正解！　すごいよお姉様、さっすが！」

手を叩いて、プリメラが笑った。

「ボクはボクがどうすればいいか知ってる！　ボクの願いを叶える、間違いのない道を知ってる！　つまり、誰もボクにかなわないってことだよ。もちろんお姉様だって」

「でもあなたは戦闘で私に勝てません」

「そんな勝敗、些細なことだよ！　ボクにとって視えない未来ってのは、どっちでもいいってこと。ないのと同じことだ」

立ちあがったプリメラが両腕を大きく広げる。

「だってボクにはまだ視えてるからね！　お姉様の大事なあの妖魔が胸に穴をあけて死ぬところも、この街が瘴気に呑みこまれてしまうところも！」

プリメラの両眼の奥にある、正十字が光った。

その宣言に呼応するように、背後から瘴気が噴き上がった。ルルカが捕らえられている塔が四散し、瓦礫が降ってくる。

「け、結界が……瘴気が！」

かろうじて外からの瘴気を防いでいた結界を内側から突き破り、一気に瘴気が内側へ吹きこんでくる。

悲鳴をあげた兵が武器を放り投げ、逃げ出し始めた。それに押されそうになりながら、シルヴィアはプリメラに叫ぶ。

「あなた、何をしたの⁉」

「なんにも？　ボクはただ、浄化すればいいだけだもん」

「だったら今すぐにやりなさい！　このままでは街が瘴気に呑まれます！」

「まだだよ」

プリメラが笑った。いつもと変わらない、明るい、聖女の笑顔で。

「ボクが浄化するのは、お姉様の大事な妖魔が、ジャスワントの手で瘴気の原因になってからだ」

「――ジャスワント様……？」

硝子(ガラス)をひっかいたような、不快な音が鳴り響いた。何かが抵抗する音だ。咄嗟に両耳を塞いで、それでもなんとか空を振り仰(あお)ぐ。

瘴気が雲のように固まった、その向こう。この街で一番高い、時計塔の上。蜘蛛(くも)の糸のように張り巡らされた魔法陣の、中心。

悲鳴はあげられなかった。まず、目にしたものが信じられなかった。

ルルカの胸を、ジャスワントの細腕が貫いている。いや、貫いているのではない。戻しているのだ。

妖魔皇の、心臓を。

（……まさか、お父様の心臓を盗んだのは）

ジャスワントがルルカの胸から腕を引き抜いた。やっとそこでシルヴィアは叫ぶ。

「お父様！」

「意外と策士だよね、ジャスワント様。妖魔皇の心臓を封印する魔術を書き替えて、あえて妖魔皇に心臓を返す、なんてさ」

ルルカの背後から羽のように瘴気が広がった。魔力の暴走だ。先ほどの比ではない勢いで、街の上空に瘴気の雲が広がっていく。

「そうすれば大人になった妖魔皇でも、魔力が暴走して、瘴気が止まらなくなる」

かっとシルヴィアは振り向く。

「まさか、こうなるとわかっていてジャスワント様を放置したの⁉」

「そうだよ。ボクが止めなきゃいけない理由はないしね」

「は？」

「だって瘴気を出し尽くしたあと、妖魔皇はきっと死ぬよ。そうすれば、皇帝選の課題すべてを合算したって足りないくらいの配点になる。皇帝選は終わるよ。なら、街のひとつやふたつ、安いでしょ」

唖然(あぜん)としたのはシルヴィアだけではない。妹を見あげて、母親が口を動かした。

「よ、妖魔皇の心臓については、知らない、って、あなた……自分が、封印するって」

「あーうん、ごめん嘘。でもお母様はボクを怒ったりしないよね？」

プリメラに笑いかけられ、青ざめた母親が無理に笑い返す。だが唇は震えていた。

「そ、そうね。だ――だって、他にも何か……何か理由が、考えが、あるのよね？　ね、プリメラ。お母様は、わかってるから」

「他？　うーん。ジャスワントがどうしても皇帝になりたいって言うから？」

「は？」

どこにでもありそうな理由に、母親の表情がそげ落ちた。

「ほら、ジャスワントって聖女ベルニア大好きじゃん。だから妖魔皇の心臓を形見だと思って調べまくってたら、封印も解析できたんだって。これを使って皇帝になりなさいっていう聖女ベルニアのお導きだって、ひとりで盛り上がってさー。気持ち悪いとは思ったんだけど、意外とボクそういうの嫌いじゃないんだよね。ま、いいかって」

「――それ、だけ……？」

呆然と聞き返した母親に、プリメラは無邪気に問い返す。

「だってこれがボクが聖女になる未来なんだよ、お母様？　何が悪いの？」

皇帝候補が危機的状況を引き起こし、それを聖女が解決する。課題を自分で作り自分で解決する、自作自演の点稼ぎだ。だが、それはまかり通る。

「だってこんな規模の瘴気、浄化できるのは世界でただひとり、ボクだけなんだから！」

なぜなら、皇帝選は聖女や皇帝候補の意図など、加味しない。

呆然と母親が地面を見つめる。その姿にプリメラは哄笑した。

「安心してよお母様、ボクが浄化してあげるからさ。この街の瘴気を呑みこむ、お姉様の大事な妖魔ごと！」

「行かせません！」

地面を蹴(け)ってルルカの元へ向かおうとするプリメラを力ずくで押さえつける。

「動かないで、シルヴィア！」

だが、そのシルヴィアの後頭部に、母親が地面に転がっていた銃口を突きつけた。

「プ、プリメラの言うとおりよ、シルヴィア。この子なら、浄化できる。いえ、この子にしか、できない……！」

「この状況を作り出した張本人(ちょうほんにん)に⁉　信用できないのがわからないのですか！」

「お黙りなさい！　じゃあ、あなたに何ができるの！」

シルヴィアの下でプリメラは笑っている。ぶるぶる震えながら、母親が叫んだ。

「黙ってプリメラにすがりなさい、そうすればみんな助かるんだから！」

引き金に指がかかる。錯乱(さくらん)気味とはいえ、母親から銃口を向けられることに、さすがに胸が痛んだ。だから、弾き飛ばす前に祈るように目を閉じる。そのときだった。

小さな影が母親に体当たりして、銃口がそれる。

「おねえさま、ルルカ様のところへ！」

「ロゼ⁉」

ロゼに突き飛ばされた母親は、そのまま壁にぶつかって昏倒(こんとう)した。気を取られたシルヴィアの下からプリメラが抜け出す。ロゼが叫んだ。

「行かせないで、アーク！」

上空から飛んできた影にプリメラがあとずさる。そして自分の前に立ちふさがった色白の少年を見て、目を細めた。

「妖魔に取り憑かれた人間か。まさかボクを足止めするつもり？　街の浄化は？」

「あら、街を浄化する聖女がひとりだけなんて決まりはありませんでしょう！」

屋根の上から叫んだのはマリアンヌだ。運んだのはスレヴィなのか、何やら苦々しい顔でそっぽを向いて嘆息している。

「私が浄化します、ええもちろん瘴気だけをね」

「まだわかんないの？　お前ひとりで街の浄化ができるわけないだろ、天気予報女」

ほほほほほとマリアンヌが小気味いい高笑いを返した。

「そんなもの。シルヴィアさんが元凶である妖魔皇の心臓を止めればよいのです」

「どうし、て……」

呆然とするシルヴィアの背中に、ロゼがそっと手を置いた。

「ア、アークも、マリアンヌ様も、スレヴィさんも、います。ロ、ロゼだって、お役に立てます」

「ですが点数を譲るのは一度だけですわよ！　さあ、行きなさいスレヴィ！」

「嫌ですよ、どうして私が――蹴飛ばすな、このクソ聖女！」

屋根から落下してきたスレヴィが宙返りして地面に立つ。そしてシルヴィアを見て、眉間のしわに指をあてた。

「まあ、でも姫様の演技が下手くそなのは私の指導不足ではありますかね」

「へ、下手くそって」

「ひとりでルルカ様を助けにいくと顔に書いてありましたよ。もう少し腹芸ができるようになってください、姫様。意外と責任感があるのでね、妖魔は――失礼」

ひょいっとスレヴィがシルヴィアを抱きあげた。そしてそっとささやく。

「ですが、勝算はありますよ。あなたの体質です」

「は？」

「よく考えて。さあ、いってらっしゃい」

大きく振りかぶったスレヴィに、ルルカ目がけてぶん投げられた。信じられない。

（助けにきたのでは!?）

ああ、でもこれで障害はひとつだけだ。

これが助け助けられる、仲間とか、家族とか、そういうものか。背中も瘴気も気にしなくていい。だからまっすぐ、シルヴィアは手を伸ばす。

「お父様！」

だが瘴気の中へ向かおうとしたその足首を、つかまれた。

下から自分を見る目に、シルヴィアの肌が粟立つ。今まで呆れや冷めた気持ちならあった。でも、恐怖を感じたことはなかったのに。

「やあ、シルヴィア。久しぶり」

そう言ってシルヴィアを時計塔の床に叩き付けた元婚約者は、いつものように気弱に笑った。

プリメラは正確に状況を分析していた。

ひとまず瘴気を押さえにかかっている天気予報女はあとまわしでいい。妖魔皇の瘴気など、天気予報では浄化できない。せいぜい、広げないのが精一杯。それもいつか力尽きて勝手に死ぬだろう。

まず片づけるべきは妖魔だ。相手は中級妖魔に取り憑かれた少年と上級妖魔。多少、手間はかかるだろうが、勝てる——はずだった。

「アーク、右上！　スレヴィさん、次の攻撃は下からです！」

攻撃が当たらない。元々戦術よりは力任せが多いが、それでもここまで当たらないことに苛立って プリメラは今まで眼中に入っていなかった少女をにらむ。

（あいつだ。聖女だ！）

何が視えるかわからないが、あの助言のせいで先が読まれている。

舌打ちしたプリメラは標的を変えた。妖魔たちよりも、あの聖女だ。

「うっとうしいなあ、黙っててくれる!?」

プリメラが突っこんでくる前に、少女は三歩横によけて叫んだ。

「アーク、さっきの私の位置です！」

「！」

急制動をかけたが、アークという少年の一撃をよけるだけで精一杯だった。背後からきた上級妖魔の蹴りをもろにくらって、壁に激突する。衝撃はすべて魔力の膜に吸収させたが、屈辱までは吸収できない。

（くそっ、こんな三下聖女に……！）

睨めつけるプリメラに、拳を握った少女がにらみ返す。

「おねえさまの邪魔はさせません！」

「……おねえさま……？」

両目を開いたあとで、プリメラはふとおかしくなった。

「おねえさまってまさか、ボクのお姉様のこと？」

黙って少女はにらんでいる。その顔を正面から見て、プリメラは笑った。

「ロゼ、だったっけ。喜びなよ。ボクが名前を呼ぶなんて、滅多にないんだからさあ」

「あ、あなたはどうして、シルヴィアおねえさまがそんなに嫌いなんですか」

「はあ？　何言ってんの、大好きだよ！　お姉様だけだ、このボクをゴミみたいな目で見てくれるのは！」

いつだって皆がプリメラを讃えてからっぽの目ですり寄ってくる中で、姉だけが冷めた目でプリメラを見てくれる。姉だけはみんな同じ顔に見える周囲と違う。そのくせ、姉は自分にどうあってもかなわないのだ。

だから、プリメラは許した。優秀だった姉が、裏切って聖女を諦めたこと。犬みたいに一生飼い殺されるのだとわかったから、許したのだ。

「お姉様はボクに償い続けるんだよ、一生」

そうでなくてはならない。優秀だったくせに。憧れだったのに。両親より誰よりもまっすぐで、高潔で、正しかったのに。

なのにすべての重荷をプリメラの肩に押しつけた、あのときから！

「どけよ、三下聖女」

すごんだプリメラにロゼは脅えたが、すぐににらみ返してきた。

「ど、どきません。ロゼは、おねえさまを助けます！」

「そう。でも、ボクの未来にお前はいないなあ！」

すぐに終わらせて、姉の目の前で妖魔皇を浄化してやる。

その先などどうでもいい。いつだってプリメラのいいように世界は回ると、聖眼は告げている。

ジャスワントというのはシルヴィアにとって『もし周囲の期待どおりに生きることがで

きたなら、婚約者だった少年』だ。とうの昔に立ち消えた話で、興味もなかった。だが、実際は自分にいっぱいいっぱいで、見えていなかったのだろう。

意志薄弱で風見鶏な、大したこともできない少年。

そう思っていた少年を目の前にして、今、自分の観察眼のなさを思い知っている。

「元気でよかった、シルヴィア」

どうして気づかなかったのだろう。

床に転がったシルヴィアを上から見おろす、この暗い瞳を。

「心配してたんだ。急にいなくなるし、どこでどうしてるんだろうって。でも、僕は信じてたよ。君は聖女ベルニアの末裔。諦めるわけないって――僕と同じで」

「……違います。私は、手段くらい、選びます」

妖魔皇の心臓を盗んで瘴気を発生させる。マリアンヌがなんとか抑えているが、本来ならこの街から大陸中に瘴気が広がってもおかしくない暴挙だ。

だが、この状況をおさめた聖女と皇帝候補なら、皇帝選を制したも同然だろう。

「そうまでして皇帝になりたいだなんて、私は願わない」

「僕だって喜んでやってるわけじゃない。ただ、聖女ベルニアのお導きなんだ。僕に皇帝になってほしいっていう、彼女の願いだ」

ルルカの夢見がちも大概だったが、こちらはその上をいくようだ。

「だから、見返してやるんだ。僕を馬鹿にしてきた連中を――君も含めて、ね」

「っ！」

「ああ、ごめん」

シルヴィアの指を踏んだあとで、申し訳なさそうにジャスワントが両膝をつく。

「でもシルヴィア。君のことは本当に可哀想だと思ってた。勝手に期待はずれだって見切られて、散々な目に遭わされて――君は、僕と同じだ。だから助けたい」

「は……？」

「僕はね、どっちだっていいんだよ。だってふたりとも、聖女ベルニアの末裔だ」

いつもの気弱な笑みを浮かべて、ジャスワントがシルヴィアを覗きこむ。

「交渉しようか。今、皇帝選の一位は君だね。そして君とプリメラ、僕はどっちだってかまわない。――僕と誓約してくれるなら、瘴気の暴走を止めてあげる」

「……あなたに、止められるんですか？」

「妖魔皇は今、心臓が体に合わなくて拒絶反応を起こしてる。そうなるよう封印の術式を書き換えたのは僕だけど――解決は簡単だ。摘出してあげればいいんだよ」

シルヴィアの目の前に、ジャスワントが長い鎖を垂らした。先に小さな矢尻のついた、銀色の鎖だ。

「これ、妖魔皇の心臓を保管してた鎖なんだ。聖女ベルニアの形見だよ。これに僕が作った術式を組みこめば、心臓が拘束されて、元の封印された状態に戻る。そうすれば瘴気もおさまるよ」

「……どうしてそんなものを用意してるんですか」

「プリメラが役に立たなかったときのための保険にとっておいたんだよ。それにこの瘴気をおさめたあとも、使えるだろうしね」

舌打ちしたい気分で、シルヴィアは確認する。

「鎖を奪ってもあなたの術式がわからなければ、妖魔皇の心臓が封印できない」

「ご明察」

「意外と策士なんですね」

「僕は臆病だから」

「なら、私に脅されるとは？」

「君にそんな時間があるかな。僕は意外と我慢強いよ」

今、時間がないのはルルカを助けて瘴気を止めたいシルヴィアのほうだ。それをジャスワントはわかっている。

「……わかりました。あなたと誓約します」

「本当に？」

「ええ。私は誰が皇帝になろうが興味がありません。私の点数が魅力的だというなら、どうぞご勝手に。──だからお父様を、助けて」

じっと見つめて懇願（こんがん）すると、ジャスワントはにこりと笑った。

「いいよ──って言うと、思った？」

「……！」

「僕は君みたいに、君を馬鹿にしない。妖魔皇に目をかけられ、今、聖眼を持っている君を。聖女ベルニアの末裔の君を」

はにかんで言われるのが不気味だ。

「君にどんな未来が視えるかわからない以上、うかつな行動はしない。打つ手がなさそうなあたり、大したものは視えないようだけどね」

シルヴィアは拳を握って、ジャスワントをねめつけた。

「なら、どうして交渉なんて……」

「僕を見直してもらおうと思って」

「――ならもう十分、自分の見る目のなさを反省しました！」

全身のばねを使って予備動作を最小に飛び起きた。身を引いたジャスワントの手から、鎖を奪い取る。

「鎖だけじゃどうにもできないよ、どうするつもり。聖眼でも使う？」

ジャスワントは尻餅をついただけで、焦りもしない。

「そうですね。私の聖眼が視えるのは数秒先のみなので」

「数秒先？　それじゃあ何も視えないのと同じだ。魔力がないと、やっぱりその程度なのかな」

「でも魔力が計測できなかったのは、体質だったそうです」

ジャスワントが眉をひそめる。

シルヴィアは、瘴気の浄化を息をするようにできるプリメラがそばにいたから、体に魔力をとどめることもできずにいた。

でも今は違う。

シルヴィアの周りは瘴気だらけ。それを魔力に変換できる術をシルヴィアは学んでいる。

「じゃあ、魔力が君にはある？」

そして聖眼の能力の高低は魔力に依存する。

ジャスワントの問いかけを無視して、シルヴィアは時計塔の落下防止柵を蹴った。そして聖眼を起動する。

周囲の瘴気を魔力に変換しながら――そうしたら視えるはずだ。

数秒、数十秒、数分先。

ロゼが倒れて。

マリアンヌが瘴気をおさえきれなくなって。

何も叶わず、ただ絶望に染まっていく、その先。

「――っ！」

両目に鋭い痛みが走った。頭蓋骨の中身を直接ゆさぶるようなめまいと、吐き気。聖眼が個人の魔力に依存する理由がわかった。情報の処理が追いつかないからだ。すべてを理解してしまえば、人間は正気を保てない。取捨選択のため、膨大な情報処理能力のために魔力が必要なのだ。

でも、目をあけたままそらすな。きっと視える。

ずっと気づいていた。せいぜい数十秒先しか見えない、役立たずな自分の聖眼。

でも視たいものは『すべて』視える。

（耐えられる。一日も、二日も先の話じゃない！）

せいぜい、数十分、一時間にも満たない未来だ。

プリメラがルルカを浄化する。

そのときにジャスワントがルルカの心臓を取り戻す、その瞬間だけでいい！

周囲の瘴気を渦を巻いて吸いこみ、ありったけ魔力に変える。それでも足りないかもしれない。なのに、魔力が全身から噴き出るのを抑えなければならない。

でもその両眼には、今もなお瘴気を噴き撒いているルルカが映っている。それを救う未来を選ぶのだ。

（――視えた！）

プリメラが瘴気を浄化するかたわらで、ジャスワントがルルカの心臓を鎖を使って取り出している。

ルルカは蜘蛛の糸のように張り巡らされた瘴気の中心に搦め捕られていた。その糸の上に躊躇なく膝をついて、上下していないルルカの胸の上に、鎖を置く。そしてその上に両の手のひらをかざした。

ふわりと鎖が浮いて、模様を描く。

ぽたりと手の甲の上に落ちたのは、両目から流れる血だ。

でも間違わないように、見失わないように。歯を食いしばってとどめたままのその術式を、描いていく。指先が震えて、うまく動かない。

(死ぬ、かも)

さっきまで焼け付くほど熱かった全身が、逆に冷え始めていた。おそらく瘴気を取りこみすぎたのだろう。魔力に変換できなくなってきている。

それでも、その未来だけは手放さない。

「……シル、ヴィア?」

ルルカのまぶたが開く。それを見るまでは——それともこれは、今だろうか?

「お前、何をして……」

「お父様の……心臓」

想像していたような生々しい臓器ではなかった。小さくて、きらきらしていて、子どもの頃夢見たような——綺麗(きれい)な、赤い宝石だ。

妖魔皇の心臓。

細い銀の鎖で搦め捕られたそれが宙に浮く。そして、ものすごい勢いで周囲の瘴気を吸い始めた。

手放すものかと見据えていた未来が消えて、現実に重なっていく。

「よかった」

きちんとルルカの手のひらにのった心臓を見つめて、シルヴィアは微笑む。もう、指先の感覚がない。痛みも寒さも、何も。

「恩返しできて……」

「――シルヴィア！　スレヴィ！」

でも、最後にこの男をおそろしく焦らせたのだ。

きっと、悪くない人生だった。


冷たくなった娘の体を抱いたとき、ルルカの頭によぎったのは、読み聞かせた本の中にあった文だった。曰く、親より子が先に死ぬのは不幸。

それが今、ただの文章ではなく実感として襲いかかっている。

娘の鼓動が聞こえない。顔色が、どんどん青白くなっていく。

落下地点は、公園だった。広場の石畳の上に足をおろしたところで、スレヴィがやってきて上着を脱ぎ、ルルカが抱いているシルヴィアにかぶせる。

「息をしてませんね」

「そんな、おねえ、さま……このままじゃ……」

追いついてきたロゼがまばたいてから、ふらりとうしろにのけぞった。それを慌ててアークが支えている。だがロゼの唇の動きを、ルルカは読んでいた。

――おねえさまが、死ぬ。

危険を予知するロゼの言葉だ。今の今までそれがわからなかったのは、そもそも今、ルルカが立っているこの現実が、あり得なかったからだろう。

心臓に何かしらの仕掛けがあるとわかったときから、ルルカは半分諦めていた。元々聖女に捧げ、放置していた心臓だ。どんな結末であっても、自業自得である。

なのにシルヴィアは諦めず、命懸けで不可能を勝ち取ってきた。

ほめてやるべきなのだろう。まぶたをおろしたままの娘の表情はどこか満足げだ。

未来を選べるようなそんな聖女になりたい――娘の夢は叶ったのだ。

けれど。

「床に姫様を置いてください、心肺蘇生をします。おい、クソジジイ!」

「やめろ、助からない」

スレヴィが両目を見開いた。つかつかと歩いてきたマリアンヌが、ルルカに手を振り上げた。その手を無視して、ルルカはつぶやく。

「俺は、父親失格なのかもしれないな」

マリアンヌが途中で手を握りしめて、唇を噛みしめた。

シルヴィアを抱いたまま、ルルカは手のひらにある自分の心臓を見つめる。

ためらいはあった。ただ躊躇いも決断も、父親らしいのかどうかわからない。

それとも世の父親というものは、娘の命を助けるためならば躊躇いもなく決断できるのだろうか。

「やりなよ」

不意に声が投げかけられた。咄嗟にロゼとマリアンヌが構える。

公園の出入り口に、少女が立っていた。見おろすのではなく、今はただ地面に立っているだけだ。

「それで助かるよ、お姉様は」

「――何をたくらんでいるのです、聖女プリメラ。助言のつもりですか」

「天気予報女のくせに、ボクの聖眼が信じられない？」

「そ、それがあなたにとって都合のいい未来かもしれないじゃないですか」

「お前の聖眼じゃお姉様が死ぬだけだろ、三下」

ロゼがぐっと詰まった。毛先に指をからめて、天才と呼ばれる聖女がルルカに笑う。

「それはね、ボクはいちばん、皇帝選で勝ち抜くのが難しい未来だ」

「……そうか。ならば、正解なんだろうな」

これでシルヴィアは助かるのだ。

腹は括った。

周囲の瘴気を吸いこみきって、宝石のように輝いている自分の心臓をルルカは片手でつかむ。ルルカのやろうとしていることに誰よりも早く気づいたスレヴィが、嘆息した。そのスレヴィの嘆息に誰より早く気づいたマリアンヌが、声をあげる。

「いったい何をするのですか」

「俺の心臓を半分、与える」

他の妖魔が喉から手が出るほどほしがる、力の源。それを半分だけシルヴィアに与えて生き返らせる。シルヴィアが瘴気を魔力に変換できる体質であるがゆえの、荒技だ。

「お待ちください！　それではシルヴィアは人間ではなくなるのでは」

「だが助かる」

横たえたシルヴィアの頬をなでて、ルルカは繰り返した。

「すまない。俺は、やはり父親失格だな」

もっとずっと、見たいと思ってしまうのだ。この娘が色んな未来を手に入れるのを。

「――責任は、取る」

銀の鎖が、封印が、ルルカの意思で弾け飛んだ。

せっかく命懸けで封印し直したのに。そう娘は怒るだろうか。

でも怒るには、生きていなければいけないのだ。

跪き、宝石のような自分の心臓を半分にわって、乾いたシルヴィアの唇に押し当てる。

祈るような気分だった。

まるで心臓を捧げるような――聖女ベルニアに差し出したときに、こんな切実さはなかったのに。

（頼む）

驚くほど簡単に、つるりと娘の唇の内側に心臓が入りこむ。と思ったら、氷のように心臓が溶け出した。は、と吐息が吐き出されたのはその直後だ。みるみるうちにシルヴィアの顔色に血色が戻っていく。

「お、おねえさま……！」

「生き返っただけです、動かさずに！　連れて帰って絶対安静――」

ふとスレヴィが見据えたのは、ことの次第となりゆきを見守って動かない聖女だ。同じことに気づいた面々が、シルヴィアを取り囲むようにして警戒を強める。

立ちあがったルルカは、振り向いた。

地面に立っているだけのプリメラは、無表情だった。

「助かったぞ」

端的に告げると、思ったよりずっと冷静に、プリメラは頷き返した。

「そう。ならよかったよ。お姉様には一生、謝り続けてもらわなきゃいけないからね」

「別にそんなことをさせるために、俺は助けたわけではないのだが」

「お前らなんかにはわからないよ」

プリメラがゆがんだ笑みを浮かべた。憎悪に満ちた眼差しに皆がひるむ中で、ふと、ルルカは思いついたことを口にする。

「……そういえば、シルヴィアは両親をずいぶん嫌っていたが、お前のことを嫌っている素振りはなかったな」

それは本当にそれだけの言葉だったが、プリメラから表情が消えた。ただ、そう、という淡泊な相づちが返ってくる。

「見逃してやるから、いけよ」

傲慢に言い放って、聖女が踵を返した。小さな背中にふと見覚えがある気がして、ルルカは目を細める。

シルヴィアだ。両親よりも、妹のほうがよく似ている。しかも顔立ちや髪の色ではなく、ひとりで立ち去っていく背中が。

（……難儀なことだな）

脈やら何やらスレヴィが計り終えるのを待ってから、ルルカはシルヴィアを横抱きにして立ちあがった。

その体はもう、すっかりあたたかくなっている。胸も呼吸に合わせて上下していた。

「これからも大変そうだな、お前は」

でも、生きている。

微笑んで、ルルカは娘の額に頰を寄せた。

＊

瘴気が晴れた空の下を、ただプリメラは歩いていた。途中で両親を見つけた。やっと目がさめたらしい父親が、姉に蹴り飛ばされた痛みをこらえつつ、呆然と地面に座りこんだままの母親をゆさぶっている。

「おい、おい……しっかりしろ！　どうしたんだ。……プリメラ！」

プリメラの姿に気づいた父親が名前を呼ぶ、それに目を見開きっぱなしだった母親が反応した。

「よかった、無事だったんだなプリメラ。シルヴィアはどうした。どうなったんだ」

「さあね」

「逃げたか、あの恩知らずめ」

舌打ちした父親は、鼻で笑うプリメラの挙動にいちいち震えている母親に、まだ気づいていない。何にも、気づけない。幸せなことだ。

「まあいい。プリメラ、母様がおかしいんだ。父様も全身痛くて……お前の治癒魔法で治してくれないか」

「い、いいの、いいのよ、あなた！」

だがいずれ気づくだろう。

母親に袖を引っ張られた父親が怪訝な顔をする。どうしたんだ、と問われた母親は笑みを浮かべようとしては失敗していた。

「プ、プリメラの、負担に、なっちゃ、いけない……わ」

「そ、それはそうだが。お前、そんな真っ青で……」

「そうだよねえ、お母様。ボクの足手まといはやめてよ」

わざと大きな声をあげると、母親が喉を鳴らした。目を白黒させた父親が、やっと不穏な空気を感じ取ったのか、眉をひそめる。

「な、なんだ、何があったんだ？」

「そうだお父様、これから大変だと思うけど頑張って」

「は？」

「ボクは悪くないから、なあんにも」

問い返される前に、足を進めた。呼び止めようとした父親も母親も、数時間もしないうちに街の住民から石を投げられ、この街から逃げ出すはめになる。この街を襲った事態を考えれば当然の怒りだ。先ほどのシルヴィアとプリメラのやり取りを聞いている者はたくさんいたし、誰がこの状況を打破したのか、見ている者は見ている。何より、聖眼の配点を見れば解決した人物が誰かは明らかだ。

そして両親は最初からこの街にいなかったかのような顔で振る舞おうとするが、それほど世間は甘くない。ひそひそと陰で批判され、嘲笑われる――ベルニア聖爵家はもう終わりだと、ささやかれ続けるのだ。矜持の高い父親も、傲慢な母親も、その責め苦に絶えられず、さりとてプリメラを責めることもできない。

絵に描いたような家庭崩壊の始まりだ。

だが、救ってやる恩も何もない。せいぜい面白おかしく駄目になってくれれば笑えるくらいだ。愛なんて言葉で娘を利用するだけの親だ。現に利用価値のなくなった姉を両親はあっさり捨てた。ならば利用価値がなくなれば娘に捨てられて当然である。

プリメラは両親から学んだことを、そのまま返すだけ。

こんなことでプリメラが天才であることも、プリメラの価値も、変わらない。

——そして。

「プリメラ……」

「ジャスワント。君、どうするの」

よろよろ時計台の上から階段を使っておりてきた、すべての元凶ともいえる少年は、嘆息した。

「どうもこうも……信じられない。シルヴィア、どうして妖魔皇を助けたりしたんだ。君は聖女ベルニアの末裔なのに……こんなの、間違ってる」

何やら気持ち悪いことをぶつぶつ言っているが、両親ほど苛立たなかった。きっと一貫してぶれないからだろう。

「あれじゃ死んでしまったんじゃないの、シルヴィアは」

「生きてるよ」

「そうなんだ。……なら聖女ベルニアは、シルヴィアをお許しになったんだね……それなら僕も彼女を許そう」

「はー？　お姉様に聖女ベルニアとか関係ないんだけど」

「ああ、ごめん……君も聖女ベルニアの末裔だからね」

会話は微妙にかみ合わないが、逆にそれくらいのほうが気楽でいいのかもしれない。

聖女ベルニアに入れこんでいるこの皇子はプリメラをないがしろにしないし、シルヴィアにも執着し続ける。馬鹿な両親どもも姉をこのまま見逃したりしないだろう。

もちろん、自分もだ。

きっと姉はまだまだ、望んだようには生きられまい。それこそ、プリメラが望んだ未来だ。

「またね、お姉様」

逃げようとしてもまた出会うだろう。聖眼がそう告げていた。

＊

人間というのは意外としぶとい。

たとえば、逃げたくせに街に戻ってきた領主が、ベルニア聖爵家の仕打ちを公表しないかわりに復興金をせしめたこと。まるで最初から街にいなかったような顔をして、両親もジャスワントもプリメラも街から姿を消したこと。

でも、変わったものもある。ベルニア聖爵夫人は正気を失ったとかで聖爵は妻の介護に追われ、なのに娘のプリメラは帝都に入り浸っているらしく、ひそかに家庭崩壊がささやかれている。ベルニア陣営の今後について、皆が判断しかねているようだ。

一方で、妖魔皇の心臓を皇子が盗み、あやうく大陸全土が瘴気に呑まれるところだったことを、帝室は隠蔽した。そのせいでシルヴィアとロゼとマリアンヌの上位三人の点数があまりに高すぎると異議が殺到したらしい。

そこで異例の、皇帝選のやり直しが宣言された。

綺麗にシルヴィアたちの点数は消え、丸一年ずらす形で皇帝選が再開されると聖眼から通知がきた。皇帝選にそんな柔軟な対応が可能なことに驚いたが、ひょっとしたらこの結果は聖眼でも処理できないほどの未来だったのかもしれない。

すっぱりなかったことにして、もう一度綺麗に始めましょう。要はそういうことだ。どの口で、という批難は飛ばない。唯一叫ぶとしたら、彼女だけだ。

「私の点数が……！」

砂浜に両手両脚をつき、唸っている聖女マリアンヌである。

「やり直しってどういうことですの！　三位だとはいえ、私の点数！　圧倒的点数が！」

「いやぁよかったです。皇帝選のやり直しで誓約も何もかもなかったことになって」

すまし顔で洗濯物を干しているのはスレヴィである。皇帝選のやり直しといっても、点数と誓約がすべて無効になっただけで、聖眼の能力はそのままだ。

そして聖女マリアンヌ様の聖眼によると、本日は洗濯日和の晴天。震える拳を握ってマリアンヌが、かもめが飛ぶ青い空に叫んだ。

　沿岸に墜落した妖魔皇別邸は、まだ半分海に沈んでいる。

「こうなったら私が異議を唱えて暴露してやりますわ、ベルニア聖爵家の非道と帝室の陰謀を！」

「ベルニア聖爵家と帝室ににらまれるだけで点数も戻らず、非効率極まりない策ですね」

「あなたはなぜそんなに楽しそうなのです」

「ひとがもがき苦しむ様は楽しいですよ、妖魔ですから」

「マ、マリアンヌ様は、来年の皇帝選にまた出るおつもりなんですか？」

　スレヴィの洗濯物干しを砂浜でアークと手伝いながら、ロゼが尋ねる。マリアンヌは少しだけうつむきがちになり、洗濯物を取った。

「……少し、考えているのです。聖女の待遇改善という目標はそのままですが……見返してやるという気持ちだけでは、私もあの皇子の二の舞でしょう」

「マリアンヌ様……」

「ですが世界が私を求めるならば、答えねばならないとは思っています！」

　胸を張った聖女マリアンヌ様は、相も変わらずぶれない。

「いずれにせよ一年あります。その間、ゆっくり考えるつもりです。……以前は誰でもいいと思っていた皇帝候補選びも、今度は吟味するつもりです。ええ、こんな薄情な妖魔ではなくて！」

「ぜひそうしてください」

「なんですって」

「おや、まさか捨てないでくれと私に請われるとでもお思いで？　ご冗談を」

鼻先で笑うスレヴィに、マリアンヌが砂浜の砂をつかんで投げつけた。だが聖女にあるまじき行動にすぐ気づいて、咳払い（せきばら）をする。

「ロゼさんはどうするのです？」

「ロ、ロゼですか。ロゼは……」

ちらとこちらに視線が投げられているのはわかったが、シルヴィアは鞄（かばん）の中を確認する作業に徹した。

かわりにアークが答える。

「僕はどこにいてもロゼを守るよ」

「アークは責任感のある男性ですね。どこかの妖魔と違って」

「妖魔に責任感」

いちいち嘲笑（ちょうしょう）するスレヴィをにらんでから、洗濯物をひとつ干したマリアンヌがくるりとこちらを見た。

「あなたは本当に出ていくのですか」

海に半分沈んだ屋敷の入り口にいるシルヴィアは、顔をあげる。

「はい」

きっぱり答えて、鞄を背負った。そして屋敷の玄関から、波打ち際を跳び越えて砂浜に立った。

「私の役目は終わりましたから」

「でも、あなたのことをベルニア聖爵家が諦めるとは限らないでしょう」

「大丈夫です。たとえそうであっても、もう、自分でなんとかできます」

シルヴィアの返事に、マリアンヌが両腕を組んで目をそらす。

「それはそうでしょうけれど――これからどうなさるおつもり」

「妖魔退治とかで生計立てるのもありかと」

「おや、我々の敵になると」

スレヴィが苦笑し、作業を止めてこちらへやってくる。ロゼとアークもそれに続いた。

「ロ、ロゼは、おねえさまと一緒にいたいです……」

「ありがとう。でもあなたはアークのこともあるし、妖魔と一緒のほうがいいかもしれません。そうでしょう――お父様」

皆がはっと振り向いた。

屋敷の玄関から出てきたのはルルカだ。無表情でこちらを見ている。

「お世話になりました」

頭をさげたシルヴィアに、ルルカの眉根がよった。

「出ていくのか」

「はい。もう娘も聖女も、必要ありません」

「……」

「嫁に出すような気分ですか」

好奇心で尋ねてみると、ルルカが嘆息した。

「……まあ、そういう気分なのだろうな、これは」

「いい気味です。……」

そこで無駄口が止まってしまった。ルルカがじっとまばたきもせず自分だけを見ているからだろうか。

「……落ち着いたら、手紙くらいは……住所はありますか」

「ないな。移動するし」

「……ですよね。なら……」

ここでもう、お別れだ。

「……また、どこかで会えたら声くらい、かけてください」

「そうだな。お別れだ、俺の娘。――いや、シルヴィア」

柔らかい潮風に長い髪をなびかせて、ルルカが淡く微笑む。

これ以上顔を見ていると、余計なことを言ってしまいそうだ。ぐっと唇を噛んで、くるっとシルヴィアは背を向けた。

「さようなら」

その言葉だけ残して、さくり、と白い砂を踏む。

地面より歩きにくい。でも、まっすぐ進んだ。

(私はもう、普通に生きていける)

だから力強く前に踏み出せばいい――その足の底が、ぼこっと突然あいたとしても。

「⁉」

落とし穴に落ちる前に、シルヴィアは体勢を整えて飛び上がる。が、穴から飛び出てきた魔力の縄に足首をとられ、そのままぶんと半円を描いてルルカの前まで戻された。

砂浜に顔面から落ちたシルヴィアの上に、ルルカの影がかかる。

「……なんの真似ですか」

「見送ろう――とは思ったんだが。こんな程度の罠に引っかかるようでは、とても心配で外に出せない」

「は⁉」

がばっと起き上がったシルヴィアに、ルルカが笑った。

「もう少し一緒にいよう」

さらっと潮風になでられて、頬から細かい砂が落ちる。

「……もう、育てたって……言ったじゃないですか」

「言ったか？」

「言いました！」

「なら、もう親子でなくてもいいぞ」

ルルカが手を差し出した。息を呑んだシルヴィアの心の内など、少しもわかっていないに違いない。

「もちろん、聖女と皇帝候補でなくてもいい」

「……なら、なんなんですか。私たちは」

「さあ。なんだっていいんじゃないか。お前といるととても楽しくて、お前がいないととてもさみしい。それだけで」

「そういうのは、困ります」

「なぜ？　俺の姫」

どうしてだろう。答えられない。

でもみんな、シルヴィアとルルカの次の関係を願うように、見守っている。

「だめと言われても、俺から逃げられる程度に成長しなくては逃がさないが」

いつもの結論ありきではないか。腹を立てるべきだ。

なのに、なぜかおかしくなってきた。

「成長しなければならないのは、お父様です」

「なぜ」

「また聖女にだまされて」

きょとんとしているルルカの前で、体についた砂を振り払った。

「だめなお父様ですね。娘としては、放っておけません」

「――言うようになったな」

「鍛えられました。もう多少のことでは驚きません」

手を取って立ちあがった。その姿を見おろして、ルルカが柔らかい笑みを浮かべる。

「そうか……なら大丈夫だな。実は迷っていたんだ。言うか、言わざるか」

意味深な言い方に、ふと不安がよぎった。

これは毎度お馴染み、もう既に結論が出ている事後報告ではないのか。

「実は」

「待ってください！　なんだかとても嫌な予感がします、ろくでもないことのような」

「お前に俺の心臓を半分、与えた」

は、とシルヴィアは吐息に似た声を吐き出した。

「俺の心臓を取り戻したあと、お前の心臓はもう停まっていて……有り体に言うと、死んでいた」

周囲が聞き入っている空気を感じる。ひょっとして誰も驚いていないのは、知っていたからだろうか。

「お前は瘴気を魔力に変換できる。俺の心臓を与えれば、かわりに心臓が動き出す可能性はあった」

「……それで、結果は」

「お前が体現している」

なるほど、自分が今、生きているのがその結果というわけか。

胸を打つ鼓動に、まったく違和感はない。気づかなくても仕方ないだろう。普通、目がさめたら自分の心臓が半分入れ替わってるとか考えない。

「……なぜ、黙っていたんです。今の今まで」

「出ていくと言うし、知らないほうが幸せかと思った」

「それは、本音ですか。あとで驚かせようとか思ってませんでしたか」

「よくわかるな」

感心したように言われて、何かがきれる音がした。

きりっとした顔で言えばなんでも許されるとでも思っているのか、この父親。

「ふ、普通の人間からほど遠くなっているじゃないですか！」

だが震える拳を振り上げる前に、ルルカが破顔した。

「責任は取ろう」

海に突然咲いた一輪の花のように艶やかで、無邪気な、笑顔。

「これからも一緒だからな」

呼応して鳴る心臓は、果たして自分のものなのか、彼のものなのか。

感極まったのか、ロゼが飛びついてきた。マリアンヌはなぜか満足げに笑っている。アークは苦笑いだ。スレヴィは肩をすくめて作業に戻っていく。

「だが、行き先くらいは決めよう。お前はどこに行きたい？」

ルルカがシルヴィアに尋ねた。こうして聞くだけ、成長したのかもしれない。

諦めを呑みこみ、しかたないと吐き出す。見るべきは波が寄せては返す海、いつかと夢見た水平線の、向こう。

聖眼で視なくてもわかる。

だってシルヴィアの願いを感じ取ったように、ルルカもその先をまぶしそうに見つめているではないか。

「では、海の向こうに」

もう空腹がわりに食べる空想ではない。

お気に入りの外套を羽織り、大事なものを詰めこんだ鞄を背負って、見知らぬ世界をたくさんこの目に映して、未来を選ぶのだ。

終章 少女ノ創ッタ世界

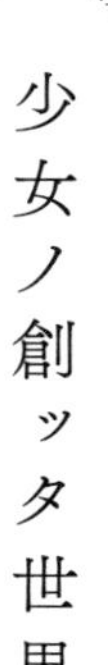

一年延長された皇帝選の聖女と皇帝候補の再登録初日は、あいにくの雨だった。細糸のように細く、静かに、白い石畳(いしだたみ)の上を雨が叩いては波紋を広げていく。

だが聖都アカトスの中心に座する聖殿の外階段と、そこから続く大通りの脇には聖女と皇帝候補をひとめ見ようと人々がひしめき合っていた。今回の皇帝選に対する注目がうかがえる。

そんな中、薄い水たまりを踏みつけて最初にやってきたのは、天才と名高い聖女プリメラ・ベルニアだった。

皇帝候補のジャスワント皇子と共に付き人に傘をかけられながらやってきた弱冠(じゃっかん)十三歳の聖女は、聖殿での登録をさっさとすませる。

聖爵である両親の姿はない。ベルニア聖爵家は一年前、聖女プリメラの名声を高めるため、ニカノル地方で起こった大量の瘴気(しょうき)発生を助長させたとの噂(うわさ)が回り、その権威を失墜(しっつい)させた。聖爵夫人は社交界はもちろん外に顔を出すことができず、引きこもりきり。聖爵は初めこそ回復を信じて献身的にその介護をしていたようだが、最近は新しい愛人を見つけたようで、離縁の噂もある。

そんな中、聖女プリメラの名声が一向に衰えなかったのは、さっさと生家を切り捨て他の聖爵家に協力を呼びかけて回ったからだろう。生家が醜聞にまみれていようと、浄化や治癒といった聖女の力は、特に他の追随を許さない。最初は頼りないと言われたジャスワント皇子も、最近では魔術の才覚で狂信的な支持者を増やし始めている。

次々にくる他の登録者との挨拶をジャスワントにまかせたまま、プリメラはなぜか聖殿の出入り口に並ぶ円柱に背を預け、動かなかった。屋根があるとはいえ、景色を眺めるにも考え事をするにも不向きな場所だ。だがその場から離れることを忠言する者はいなかった。皇帝候補のジャスワント皇子も何も言わず、聖女を置いて立ち去った。

まるで誰かを待っているようだった。

実際、彼女は待っていたのだろう。

——待ち人らしき一行がやってきたのは、その日の最後だった。

「ですから言ったでしょう、雨はあがると」

勝ち誇ったように告げたのは、簡素な白の巫女服に身を包んだ大人の女性だ。その斜め後ろで、全身黒の執事服を着た長身の男性が鼻を鳴らす。

「疑ってはいないでしょう、誰も。私も信じておりますよ、あなたの天気予報だけは」

「だけってなんですか、私の皇帝候補のくせに！」

「なぜ他を見つけてくださらなかったのか……あなたの一年はなんだったのでしょう」

「お黙りなさい！　あなたよりいい皇帝候補が見つかったら、いつでも誓約は破棄してやりますから！」

「これは驚きだ。ここにきてまだ、ご自分が選べる立場にあるとでもお思いか」

「マ、マリアンヌさんとスレヴィさんは、もう、そのままでいいんじゃないかなってロゼは思うんですけど……」

冗談ではありませんとふたりにそろって怒鳴られ首をすくめているのは、小柄な少女だった。その少女より少し背の高い少年が、柔らかく笑う。

「ロゼ。そういうことをはっきり言葉にするのは、野暮なんだよ」

「そ、そうなの？　でも、アークだって仲良しだって、思うよね……？」

「それはもう、あのふたりの洗濯作業の手際にはかなわないから」

「まるでこの一年、上達したのはそこだけのような物言いをなさらないでくださる!?」

誰が言うでもなく、聖殿の外階段にかかったところで、全員が出入り口にいるプリメラに気づいたようだった。

先に声をかけたのは、プリメラだった。

「やあ、三下に天気予報女。性懲りもなく、お姉様にひっついてるんだってね？」

「私には私の夢があるだけですわ」

「ロ、ロゼも、自分の意思で今度は参戦するんです」

「まあいいや、さっさと登録してきなよ。お姉様は——」

プリメラは途中で問いを中断した。その前を聖女ふたりは厳しい顔で、対する皇帝候補ふたりは何食わぬ顔で、通り過ぎていく。

そのあとでゆっくり、プリメラは階段の上に立ちはだかった。

雨があがり、雲の隙間（すきま）から覗（のぞ）きこんだ夕日は、もう赤に染まり始めている。屋根からしたたり落ちる水滴と、淡い夕日にきらめく水たまりが、静謐（せいひつ）な聖殿を黄金に彩られたように見せていた。

その中、まるで光の粒をまとうようにして、ひとりの少女が歩いてきた。

フードをかぶって顔を隠しており、特に目立ったところは見当たらない。歩調を合わせて隣を歩いている青年のほうが、よほど目立っている。雨上がりの街の輝きをすべて集めたような、美しい青年だった。

何を話すでもない。ただのんびり歩いてくる姿は、まるで散歩中の兄妹のような、親子のような、恋人のような、まぶしいあたたかさに溢（あふ）れていた。

「やっぱりきたね、お姉様」

だがプリメラの声に、少女が足を止めた。

それに合わせて、青年も足を止める。

「先に行っていようか」

「はい」

少女に頷（うなず）き返された青年は、特に心配した様子もなく外階段をあがり、聖殿の中へと入っていく。遅れて階段をあがりきった少女が、プリメラの前で、フードを落とした。

　ざあと雨上がりの風に流れるのは、綺麗に伸びた髪。木の葉から飛んだ滴のきらめきを反射する海色の目には、十字の聖痕が宿っている。

　シルヴィア・ベルニア――一年前の異例だらけの皇帝選で、異例の点数を叩き出しながら、それらをすべて失った聖女。

　魔力がないとされ、ベルニア聖爵家で聖女失格の烙印を押されたはずの、天才聖女プリメラの姉。そんな彼女は今もってなお、聖女失格だと言われる。――妖魔皇ルワルカロシュを皇帝候補に選んだがために。

「久しぶり。少し背が伸びた？」

「あなたも」

「何してたの、一年」

「色んなものを見て回っていました」

　この一年、彼女の動向は妖魔皇と一緒にあちこちで噂になっていた。そのどれもが、憶測の域を出ないものばかりだが、その活躍と力が流布するたびに人々の不安は募っていったのも確かだ。

　――天才聖女プリメラを超える、最強の聖女なのではないか。

　――妖魔皇を皇帝にして、妖魔の時代を到来させるつもりではないのか。

　――聖女たちが作った世界を、滅ぼそうとしているのではないのか。

彼女の望みは、なんなのか。

「ふうん。それで、ボクに勝つ気なんだ？」

一方でその不安は、聖女プリメラを支持する基盤にもなっていった。生家であるベルニア聖爵家と一緒に他の聖爵家がプリメラを追い落とさなかったのは、シルヴィアの存在が大きい。

「そうですね、必要ならば」

聖女ベルニアの末裔、再来とも呼ばれる姉妹ふたりが向き合う。

「言うね。ボクがこの一年、何もしてなかったとでも思ってるの」

ふわりと聖女シルヴィアが笑った。

そこには、かつてのような諦観も自嘲もない。

「いいえ。あなたは意外と努力家です。でも」

負けないという意志を固めた、不敵な笑みだ。

「私は私の未来を選ぶためにあなたを倒します、プリメラ」

「いいね。でもそれはボクが選んだ未来でもあるんだよ、お姉様」

向き合った姉妹の間を、涙に似た滴と一緒に風が吹き抜けていく。

新しい時代の幕開けを告げる皇帝選が、今、始まった。

※この作品はフィクションです。実在の人物・団体・事件などにはいっさい関係ありません。

集英社オレンジ文庫をお買い上げいただき、ありがとうございます。
ご意見・ご感想をお待ちしております。

●あて先
〒101-8050　東京都千代田区一ツ橋2-5-10
集英社オレンジ文庫編集部 気付
永瀬さらさ先生

集英社
オレンジ文庫

聖女失格

2022年2月23日　第1刷発行

著　者　永瀬さらさ
発行者　北畠輝幸
発行所　株式会社集英社
〒101-8050東京都千代田区一ツ橋2-5-10
電話【編集部】03-3230-6352
【読者係】03-3230-6080
【販売部】03-3230-6393（書店専用）
印刷所　株式会社美松堂／中央精版印刷株式会社

ISBN 978-4-08-680435-6 C0193

集英社オレンジ文庫

山本 瑤

穢れの森の魔女

赤の王女の初恋

訳あって森で育った王女ミア。
王城とは無縁の生活を送っていたが、
16歳になる前に女王から突然呼び出された。
ミアを王城で待ちうけるのは
初めての恋と残酷な運命で…?